TRAITÉ

DE LA

VERSIFICATION FRANÇAISE.

Imprimerie de C.-J. DE MAT.

TRAITÉ
DE LA
VERSIFICATION FRANÇAISE,

PAR

L.-J.-M. Carpentier,

ANCIEN PROFESSEUR DE RHÉTORIQUE ET MEMBRE DE L'UNIVERSITÉ.

REVU ET PUBLIÉ A L'USAGE DES COLLÉGES,

PAR

B. L. VDS.,

DIRECTEUR DU COLLÉGE DE PITZENBOURG.

BRUXELLES,

A LA LIBRAIRIE CLASSIQUE D'AL. DE MAT,

RUE DE LA BATTERIE, N° 24.

1838.

TRAITÉ

DE LA

VERSIFICATION FRANÇAISE.

La Versification française est l'art qui enseigne les règles à suivre pour construire correctement les vers français (1).

La pensée et l'expression sont la matière des vers, comme elles sont celle de la prose; mais la poésie exige de plus que l'expression soit renfermée dans une mesure strictement déterminée, et assujettie a une marche particulière.

On peut donc définir le vers français un certain nombre de mots renfermés dans une mesure prescrite, et construits d'après les règles de la versification.

Comme les mots, tels qu'ils se présentent d'abord à l'esprit, se trouvent rarement en harmonie avec la mesure et les autres règles fixées par l'art que nous développons, il faut emprunter de l'art même les moyens de renfermer l'expression de la pensée dans les limites qu'il a tracées, de la rappeler aux principes qu'il a établis.

DES SYNONYMES.

Souvent le mot qui se présente à l'esprit ne peut se prêter à la mesure du vers, alors on le remplace par un Synonyme, c'est-à-dire par un terme qui

(1) La versification, dit M. Chapsal, enseigne le mécanisme des vers.

présente la même signification, et dont le nombre de syllabes puisse entrer dans la mesure qu'on se propose de suivre.

Le Synonyme doit, autant qu'il se peut, surpasser en justesse, en force et en harmonie, le mot auquel il est substitué, en sorte qu'il paraisse moins un vicegérant, que le terme propre, venu naturellement à l'esprit du versificateur. Ce n'est pas tant le nombre des syllabes que la noblesse ou la convenance de l'expression qui détermine les bons poetes dans le choix des Synonymes. Racine, dans la première scène d'*Athalie,* se sert du mot l'*Éternel,* parce que, d'un usage moins fréquent que celui de *Dieu,* il peint mieux la majesté, la pompe de la fête que célébraient les Juifs :

> Oui, je viens dans son temple adorer l'*Éternel;*
> Je viens, selon l'usage antique et solennel,
> Célébrer avec vous la fameuse journée
> Où, sur le mont Sina, la loi nous fut donnée.

Dans la même tragédie, avec quel goût exquis n'emploie-t-il pas le mot *Dieu,* plus simple, plus vulgaire, et par là même plus propre à peindre l'âme franche, le cœur simple et vraiment israélite du grand-prêtre Joad :

> Soumis avec respect à sa volonté sainte,
> Je crains *Dieu,* cher Abner, et n'ai point d'autre crainte.

Il est, ainsi que nous le verrons par la suite, des termes qui sont exclus de la poésie : en ce cas, il faut nécessairement avoir recours à un Synonyme ou à une périphrase.

DES ÉPITHÈTES.

L'Épithète est un adjectif qu'on ajoute à un nom pour le modifier (1). Elle doit être prise dans la nature même du sujet, et mieux encore dans la circon-

(1) Une épithète qui ne contribue à donner à la pensée ni plus de force, ni plus de grâce, est un mot parasite. DESAINTANGE.

stance présente ; alors c'est un trait ajouté au tableau. Une Épithète heureuse suffit quelquefois pour ennoblir le nom auquel elle est jointe, pour donner cette vie, cette âme qui font le charme de la poésie. C'est ainsi que Boileau, parlant du Rhin, rend le portrait achevé par le choix des Épithètes :

A ces mots, essuyant sa barbe *limoneuse*,
Il prend d'un *vieux* guerrier la figure *poudreuse*. Épit. IV.

Le poète, dont le but est de peindre, et qui, par cette raison, a besoin de mieux caractériser les personnes et les choses, fait, plus souvent que le prosateur, usage des Épithètes.

Il en donne volontiers aux pronoms sujets :

Malheureuse, j'appris à plaindre le malheur. DELILLE.
Tranquille, il attendait, qu'au gré de ses souhaits,
La mort vînt à son Dieu le rejoindre à jamais. VOLTAIRE.

Les Épithètes accumulées sur le même nom sont quelquefois d'un bel effet ; elles agrandissent en quelque sorte l'objet, en présentent une image plus imposante, ou bien en font ressortir diverses circonstances :

Ils boiront dans la coupe *affreuse*, *inépuisable*,
Que tu présenteras, au jour de ta fureur,
A toute la race coupable.
RACINE, *Athalie*, act. II, sc. 9.

... Elle oppose, au nombre qui l'accable,
Son bouclier de fer *immense*, *impénétrable*. VOLTAIRE.

D'abord, d'un art divin, le roi des feux (Vulcain) commence
Un bouclier *brillant*, *impénétrable*, *immense*. AIGNAN.

Cachant leur fer, sous les ombres paisibles
Marchent alors les généreux guerriers,
Et vers la garde et vers les prisonniers
Ils s'avançaient *légers*, *muets*, *terribles*.
PARNY, *les Rose-Croix*, ch. VIII.

Remarquons, avec M. de La Harpe, l'effet de la multiplication des Épithètes dans ce début de l'opéra de *Proserpine* :

Ces superbes géans armés contre les dieux
Ne nous donnent plus d'épouvante ;

Ils sont ensevelis sous la masse *pesante*
Des monts qu'ils entassaient pour attaquer les cieux.
Nous avons vu tomber leur chef audacieux
Sous une montagne *brûlante.*
Jupiter l'a contraint de vomir à nos yeux
Les restes enflammés de sa rage *mourante :*
Jupiter est victorieux.
Et tout cède à l'effort de sa main *foudroyante.*

« Ce redoublement de rimes en Épithètes, qui est » le plus souvent une des causes de la langueur » du style, est ici une beauté, parce qu'elles sont » toutes harmonieuses et pittoresques. »

Cours de Littérature, tom. VI.

« Tel est aussi, ajoute M. Ph. de la Madelaine, le » caractère de celles que Rousseau a réunies avec » tant d'éclat et de goût dans ce couplet de la can- » tate de Circé, l'un des chefs-d'œuvre de la poésie » française :

Sa voix *redoutable*
Trouble les enfers ;
Un bruit *formidable*
Gronde dans les airs ;
Un voile *effroyable*
Couvre l'univers ;
La terre *tremblante*
Frémit de terreur ;
L'onde *turbulente*
Mugit de fureur ;
La lune *sanglante*
Recule d'horreur.

» Mais plus l'effet des Épithètes bien placées for- » tifie et embellit un morceau de poésie, plus il est » dangereux d'y avoir trop souvent recours. Les » adjectifs sont moins des pensées qu'ils ne sont de » simples accessoires. Dès lors leur surabondance » n'annonce qu'une stérilité d'idées ; elle ralentit la » marche de l'action, et impatiente le lecteur. C'est » ce qui a engagé tous les maîtres de l'art des vers à » recommander aux élèves qui les suivent au Par- » nasse, d'éviter avec soin de rimer trop souvent en

» Épithètes ; elles n'offrent la plupart du temps que » des sons vagues ; et ce sont des choses que l'on » attend d'un homme qui est censé inspiré par un » dieu. » *Essai de la langue poétique,* pag. 375.

Les poètes qui animent tout, qui prêtent le sentiment à la matière, transportent volontiers l'épithète de la personne à la chose, de l'ouvrier à l'instrument, etc.

Les moissonneurs, posant leurs faucilles *lassées*,
S'endorment sur un lit de gerbes entassées. DEFONTANES.

. . La belle Circé, fille du dieu du jour,
Modulant avec art sa voix mélodieuse,
Charme de ses doux chants son *île insidieuse*.
DELILLE, trad. de *l'Enéide*, liv. VII.

C'est Circé qui est insidieuse, mais l'Épithète est poétiquement attribuée à l'île qu'elle habite.

Boileau a dit de même, dans sa dixième satire :

T'accommodes-tu mieux de ces douces Ménades,
Qui, dans leurs vains chagrins, sans mal toujours malades,
Se font des mois entiers, sur un lit *effronté*,
Traiter d'une visible et parfaite santé.

Parmi nos Épithètes, les unes sont fixes, c'est-à-dire, qu'il y en a qui se placent constamment après leurs noms : un arbre *vert*, un arbre *chenu* ; un vêtement *blanc*, des vers *polis*, *limés*, etc.

Les autres sont mobiles et se mettent indifféremment, soit avant, soit après les noms qu'elles modifient : un bois *paisible* et un *paisible* bois, un avis *salutaire* et un *salutaire* avis, la *secrète* influence et l'influence *secrète*, etc.

D'autres enfin se placent bien tantôt avant et tantôt après le nom auquel elles appartiennent, mais elles changent de signification en changeant de place ; ainsi un *furieux* animal signifie un animal très-gros, d'une immense stature ; un animal *furieux*, un animal en fureur : un bord *rouge* détermine simplement la couleur du bord ; un *rouge* bord exprime un verre rempli de vin jusqu'au bord. Cette règle, dit M. de Rivarol, est tellement inhérente au fond de la langue française, que c'est de la place de l'Épithète qu'elle a su tirer un si grand parti pour se faire une foule d'expressions variées qui ne dépendent que du lieu que l'Épithète occupe, comme *galant* homme et homme *galant; sage*-femme et femme *sage*, etc.

Un long usage de la langue et une oreille délicate peuvent seuls déterminer la place qu'on doit assigner à l'Épithète. Nous nous contenterons d'observer, avec M. Ferrand (1), que les participes passifs doivent suivre les noms qu'ils qualifient. Voltaire, qui a violé cette règle dans sa tragédie de *Brutus*, a été repris par M. de La Harpe :

Vous des droits des mortels *éclairés* interprètes.

« C'est encore là une de ces Épithètes qui ne » doivent jamais précéder le substantif, et cette règle » est générale pour tous les participes de la même » espèce, employés comme adjectifs verbaux, tels » qu'*éclairé, inspiré, instruit*, etc. On dit un juge » *éclairé*, et non pas un *éclairé* juge; un censeur » *instruit*, et non pas un *instruit* censeur ; un pro- » phète *inspiré*, et non pas un *inspiré* prophète, etc. » S'il y a des exceptions, elles sont très-rares; par » exemple, on dit, en style familier, un *renommé* » buveur ; on dit d'un homme ridicule, le *renommé* » tel. Dans un cas d'*absolue* nécessité est une phrase » faite, ce qui peut-être a fait passer l'*absolu pouvoir*, » permis en poésie, comme dans ce vers de la tra- » gédie de *Brutus* :

» Ah ! quand il serait vrai que l'*absolu pouvoir*. »

Cours de Littérature, tom. IX.

DES PÉRIPHRASES.

On appelle Périphrase un assemblage de mots qui enveloppent dans leur contour, s'il m'est permis de

(1) Dictionnaire critique de la langue française, au mot *adjectif*.

parler ainsi, l'expression de la chose qu'un seul terme pourrait ordinairement signifier (1). Au lieu de dire *la jeunesse, la rosée, la lune*, le poète se servira des Périphrases : *le printemps de la vie, les pleurs de l'Aurore, des nuits l'inégale courrière, la sœur du Soleil.* Pour désigner *l'orient* et *l'occident*, madame Deshoulières a employé deux périphrases aussi justes que poétiques :

Du rivage heureux
Où vif et pompeux,
L'astre qui mesure
Les nuits et les jours,
Commençant son cours,
Rend à la nature
Toute sa parure ;
Jusqu'en ces climats
Où, sans doute las
D'éclairer le monde,
Il va chez Thétis
Rallumer dans l'onde
Ses feux amortis.

Le propre de la Périphrase est de présenter la pensée sous une forme plus gracieuse, plus noble,

---

(1) Les Périphrases sont un assemblage d'idées accessoires ou équivalentes, que le poète réunit pour suppléer sa pensée principale, et lui donner plus d'éclat ou plus de grâce.

Il faut pour cela que cette Périphrase ou circonlocution ne soit pas trop abstraite, trop recherchée, ni travaillée d'une manière énigmatique.

Dubelloy, dans sa tragédie de *Gaston et Bayard*, peignit les mines dont la guerre fait usage, en six vers tellement contournés, qu'ils étaient devenus inintelligibles. On lui fit la malice, le lendemain de la première représentation, de les insérer au *Mercure de France*, à l'article des énigmes et logogriphes.

Il faut donc que la périphrase, en donnant à l'objet qu'elle peint des couleurs flatteuses, ne l'obscurcisse pas, ne la rende pas méconnaissable, et ne vienne pas,

Sans rien dire à l'esprit, étourdir les oreilles.

Ph. de la Madelaine, *Essai sur la langue poétique*, p. 377.

plus nombreuse ; on aurait dit simplement en prose *à la pointe du jour*, mais Voltaire embellit cette idée :

L'Aurore cependant au visage vermeil
Ouvrait dans l'orient le palais du Soleil ;
La nuit en d'autres lieux portait ses voiles sombres ;
Les songes voltigeants fuyaient avec les ombres.

Henriade, chant VI.

Les Périphrases sont surtout utiles à nos poètes, qui ne peuvent employer un grand nombre de termes que notre délicatesse exclut non-seulement du langage poétique, mais même de tout style noble (1).

« Cette figure dit M. Rollin, est quelquefois absolument nécessaire, comme lorsque l'on parle de choses que la bienséance ne permet pas d'exprimer par leurs noms. Souvent elle n'est employée que pour l'ornement, et cela est assez ordinaire aux poètes. Quelquefois on s'en sert pour exprimer plus noblement une chose qui sans cela paraîtrait basse, ou pour couvrir ou adoucir la dureté de certaines propositions. » *Traité des Études*.

---

(1) Ainsi *du genre humain l'ennemi* vous abuse.

P. Corneille, *Polyeucte*, act. I, sc. 1.

Observez, dit Voltaire, dans ses remarques sur Corneille, que cette Périphrase, *l'ennemi du genre humain*, est noble, et que le nom propre eût été ridicule. Le vulgaire se représente le diable avec des cornes et une longue queue. *L'ennemi du genre humain* donne l'idée d'un être terrible qui combat contre Dieu même. Toutes les fois qu'un mot présente une image ou basse, ou dégoûtante, ou comique, ennoblissez-la par des images accessoires ; mais aussi ne vous piquez pas de vouloir ajouter une grandeur vaine à ce qui est imposant par soi-même. Si vous voulez exprimer que le roi vient, *dites le roi vient ;* et n'imitez pas le poète qui, trouvant ces mots trop communs, dit :

Ce grand roi *roule ici ses pas impérieux*.

Edit. de Corneille de 1765.

DE LA STRUCTURE DU VERS.

La construction de nos vers français, selon M. Dubos (1), est assujettie à quatre règles. Nos vers doivent être composés d'un certain nombre de syllabes, suivant l'espèce du vers; secondement nos vers doivent avoir un repos ou une césure; troisièmement il faut éviter le concours des syllabes qui ne souffrent pas d'élision; enfin il faut rimer.

DE LA MESURE.

C'est le nombre des syllabes qui détermine la mesure du vers.

Nous avons des vers de douze syllabes ou de six pieds, deux syllabes formant un pied, quelle que soit d'ailleurs la mesure du vers. Les vers de douze syllabes sont appelés indifféremment vers Alexandrins, hexamètres ou grands vers. Le grand vers, qui n'a rigoureusement que douze syllabes, quand il finit par un son plein, comme ici :

Celui | qui met | un frein | à la | fureur | des flots ,|

en a treize quand il finit par un *e* muet :

Soumis | avec | respect | à sa |volon | té sain | *te*.

Cet *e* muet, qui se trouve toujours à la fin des vers qui ne se terminent pas par un son plein, ne rendant qu'un son étouffé et qui expire en quelque sorte sur les lèvres, selon l'expression de M. de la Madelaine, empêche de compter la syllabe qui forme la désinence.

(1) Réflexions sur la poésie et la peinture, tom. 1, p. 318. Paris, 1733.

Nous avons des vers de dix syllabes ou de cinq pieds :

Aux peu | pliers | qui bor | dent mon | séjour.

Quand ce vers finit par un *e* muet, il a, comme le vers de six pieds, une syllabe de plus, et cette syllabe est également muette :

J'avais | juré | de sus | pendre | ma ly | *re*.

Ce vers qui se prête à tous les tons, moins scrupuleux sur l'enjambement, et d'une composition plus facile, semble fait pour l'épigramme, le conte léger, l'épître familière, etc. (1).

Voltaire, qui en a fait un fréquent usage, en parle ainsi :

Apanis raconta ses malheureux amours
En mètres qui n'étaient ni trop longs, ni trop courts ;
Dix syllabes par vers mollement arrangées,
Se suivaient avec art et semblaient négligées.
Le rhythme en est facile, il est mélodieux ;
L'hexamètre est plus beau, mais parfois ennuyeux.

DE L'HÉMISTICHE, DE LA CÉSURE.

Les vers de six pieds et ceux de cinq doivent avoir un repos, les uns entre le troisième et le quatrième pied, les autres entre le deuxième et le troisième ; or, chacune de ces parties du vers coupées par ce repos, est ce qu'on nomme *hémistiche :*

---

(1) Né gaulois, comme le rondeau, le vers de dix syllabes a, comme lui, la naïveté en partage. C'est lui que Marot, Saint-Gelais, et presque tous les fondateurs de notre poésie, ont employé de préférence, et il est resté presque seul en posses-du conte et de l'épigramme. Par la variété des coupes dont il est susceptible, par cette aisance, cette légèreté de ton qui lui est familière, il m'a paru convenir mieux que le grand vers à l'élégance modeste et à la démarche facile de la muse champêtre. D'ailleurs, il n'est point d'effet poétique auquel il ne puisse atteindre.

CAMPENON, *la Maison des champs*, avertissement, pag. 14. (1810.)

Que toujours dans vos vers, — le sens, coupant les mots,
Suspende l'*hémistiche,* — en marque le repos.

BOILEAU.

Sages sans lois, — brillants sans imposture,
Coulez, mes vers, — enfants de la nature :
N'affectez rien; — que la main du hasard
Amène tout, — jusqu'aux règles de l'art.

Le cardinal DE BERNIS.

Le législateur de notre Parnasse, qui joint toujours l'exemple au précepte, a rendu fort sensible chacun des repos qui séparent les deux héxamètres que nous venons de citer; il n'est pas nécessaire que ce repos soit constamment aussi marqué, il suffit qu'on puisse s'y arrêter.

«Le repos sera défectueux (1), 1°. s'il coupe un mot en deux :

« Thémire, dont les *at* — *traits* ravissent les cœurs.

» 2°. S'il se place sur un mot terminé par un *e* » muet qui ne s'élide pas :

» La bonne fortun*e* — rend le cœur orgueilleux.
» Pour le rendre — plus doux et plus tranquille. »

Si l'*e* muet était susceptible d'élision, le repos à l'hémistiche, serait bien placé, comme dans ce vers de Boileau :

C'est en vain qu'au Parnass*e* — un téméraire auteur.

« 3°. Si cet *e* muet, qui se trouve au repos, est » suivi d'un *s* ou de quelques consonnes qui n'en per- » mettent pas l'élision :

» Les hommes qui nous ai—m*ent* ont sur nous de grands droits.

» 4°. Si le repos tombe sur une expression qui est » inséparable de la suivante :

» Adieu, je m'en vais à — Paris pour mes affaires.
» Nous verrons bientôt si — chez moi je suis le maître.

(1) Je n'ai pas cru pouvoir mieux faire que de rapporter ici littéralement ce que M. Ph. de la Madelaine a dit de l'Hémistiche et de la Césure dans son *Dictionnaire des Rimes,* pag. 33. Paris, 1806.

» 5°. Si le versificateur le fixe sur la troisième per-
» sonne du verbe être :

» On sait que la chair *est* — quelquefois bien fragile.

» 6°. S'il sépare un substantif de l'adjectif qui en
» complète le sens, ou deux mots qui se lient néces-
» sairement l'un à l'autre :

» Iris, dont la *beauté* — *charmante* nous captive.
» Sais-tu qu'on n'acquiert *rien* — *de bon* à me fâcher.

» 7°. Si on coupe une préposition en deux, comme
» dans ce vers de cinq pieds :

» Du moins *avant* — *qu*'on t'ouvre la barrière.

» 8°. S'il atteint un *qui* ou *que* relatif :

» Tel est l'homme de *qui* — tu vantes les vertus.

» L'oreille du poète doit, encore mieux que les
» préceptes et les citations, le préserver des défauts
» qui résultent d'un mauvais placement du repos
» dans nos grands vers.

» Le *repos* et la *césure* ne sont pas des mots syno-
» nymes, ainsi que le pensent plusieurs personnes
» qui les emploient l'un pour l'autre. *Césure* signifie
» coupure. Or, un vers peut avoir plusieurs coupu-
» res, quoiqu'il n'ait qu'un repos ; elles en facilitent
» même la marche, et concourent à le rendre flexi-
» ble et harmonieux :

» Mon arc, — mes javelots, — mon char, — tout m'importune.
» Je le vis ; — son aspect — n'avait rien de farouche.

» Voilà la césure. Il y en a une autant de fois que
» le sens d'un vers peut se suspendre plus ou moins.

» Le repos à l'Hémistiche est de nécessité absolue
» dans les grands vers ; c'est un élément essentiel de
» leur mécanisme. La césure n'y est que d'agrément :
» le vers peut se passer de celle-ci, il ne saurait mar-
» cher sans celui-là. »

Cependant Racine a dit :

Ma foi, j'étais un franc portier de comédie.

Les Plaideurs, act. I, sc. I.

« Le vers n'a point de césure (il faut dire de repos

» à l'Hémistiche) : on permet quelquefois cette négli-
» gence aux vers de comédie, en faveur du sens. »

GEOFFROY, sur Racine, au lieu cité.

Pour rendre plus sensible la différence entre la césure et le repos nécessaire entre le troisième et le quatrième pied, dans les vers de douze syllabes, et entre les deuxième et troisième pieds, dans les vers de dix : j'ai cru devoir marquer, dans les vers suivants, les césures par un simple tiret, et les repos qui séparent les Hémistiches ou moitié de vers par un double trait :

Le tonnerre alors gronde, = éclate ; — la tempête
Siffle et frémit sur lui ; = Renaud, — que rien n'arrête,
Malgré l'air et la terre, = et l'enfer en courroux,
Frappe ; — l'arbre expirant = reçoit ses derniers coups.

PERCEVAL-GRANDMAISON.

Vous marchez : — l'horizon = vous obéit, — La terre
S'élève ou redescend, = s'étend ou se resserre.

DELILLE.

Les portes d'Ilion = s'ouvrent..... — guerriers et chars
S'élancent à grand bruit = au-delà des remparts. AIGNAN.

Les vers de onze et de neuf syllabes sont contraires au génie de notre langue, et si l'on en rencontre quelquefois dans les Opéra ou dans les pièces Lyriques, c'est un sacrifice que la poésie fait en faveur de la musique (1).

Nous avons encore des vers de huit, de sept, de six et de cinq syllabes.

---

(1) En parlant de ces vers de quatre pieds et demi, Chénier a dit :

Dans la forme des vers neuf syllabes rangées
Font des lignes en prose, et de rimes chargées.
Si Quinault pour Lulli, Voltaire pour Rameau,
Usèrent quelquefois de ce mètre nouveau,
Racine, plus fidèle au rhythme poétique,
Renouvelant ces chœurs qu'aimait la scène antique,
Sut offrir en des vers, faits pour être chantés,
Et la rigueur de l'art et toutes ses beautés.

Essai sur les principes des arts, ch. 1.

Vers de huit syllabes.

En vain la sagesse immortelle
Jète, entre les peuples épars,
Des flots la barrière éternelle;
Notre audacieuse nacelle
Franchit ces liquides remparts. MILLEVOYE.

Vers de sept syllabes.

J'ai vu mes tristes journées
Décliner vers leur penchant :
Au milieu de mes années
Je touchais à mon couchant.

Vers de six syllabes.

Félicité passée
Qui ne peut revenir,
Tourment de ma pensée,
Douloureux souvenir.

Vers de cinq syllabes.

Dans ces prés fleuris
Qu'arrose la Seine,
Cherchez qui vous mène,
Mes chères brebis.

Les vers plus courts servent ordinairement de refrain, et l'on évite d'en mettre de suite plusieurs de même mesure (1).

---

(1) Quelques poètes ont cependant essayé de mettre de suite plusieurs vers plus courts de même mesure. Ainsi :

Vers de quatre syllabes.

Rien n'est si beau
Que mon hameau.
Oh ! quelle image !
Quel paysage
Fait par Vateau.

Vers de trois syllabes.

L'univers
Mis aux fers,
Nulle peine
N'eut senti

Ils ne trouvent place que dans des pièces légères et badines, et particulièrement dans les chansons :

Le petit-maître est sémillant,
Badin, brillant
Et folâtre ;
Il est semblable à peu près
A nos palais
De théâtre.
Ils sont aux flambeaux
Beaux ;
Mais on n'y rencontre
Qu'auripeau, que clinquant
Quand
Le jour s'y montre.

HIATUS, ÉLISION, NASALES.

Tous les mots n'entrent point indifféremment dans la composition des vers. Ceux, par exemple, qui se terminent par une voyelle ou par une diphthongue,

---

Dans la chaîne
De Conti.

Vers de deux syllabes.

Tel bien
Vaut bien
Qu'on fasse
La chasse.

Vers d'une syllabe.

Que
Je
Hais
Les
Jours
Courts;
Car
Par
Là
La
Nuit
Suit
Trop
Tôt.

si on en excepte les mots qui finissent par un *e* muet, ne peuvent être placés dans le cours du vers devant un mot qui commence par une voyelle ou un *h* non aspiré ; ainsi, quoiqu'on puisse fort bien dire une promess*e o*bligeante, une march*e a*ccélérée, Orph*ée é*mu, une vi*e i*rréprochable, une joi*e o*ffensante, la vu*e o*bscurcie, un tendr*e h*ymen, un incendi*e h*orrible ; on ne dira pas un falbal*a é*légant, du caf*é e*xcellent, un am*i o*bligeant, la vert*u i*neffable, un ruiss*eau é*garé, un caill*ou é*tincelant, le jol*i h*ymen, sous peine de faire ce que l'on appelle un *Hiatus* (1).

L'hiatus ou bâillement est le heurt qui résulte de deux voyelles qui se rencontrent, l'une finissant un mot, et l'autre commençant le mot qui suit, comme nous venons de le voir dans falbal*a é*légant, ruiss*eau é*garé, etc.

L'interposition de la caractéristique du pluriel fait disparaître l'Hiatus : des vertu*s* ineffables, des ruisseau*x* égarés.

---

(1) Je demeure en danger que l'âme, *qui est* née
Pour ne mourir jamais, meure éternellement.

MALHERBE, *les Larmes de St. Pierre.*

Remarquez ce bâillement, je veux dire cette rencontre de voyelles, qui est d'autant plus remarquable, qu'elle est la seule qui se trouve dans toutes les poésies de Malherbe (*). Le cardinal du Perron, Bertaut, Desportes et lui, ont été les premiers qui ont observé soigneusement de ne point mettre en vers des mots finissant par des voyelles masculines devant des mots qui commencent par une voyelle ; ce qui fait une des plus grandes beautés de notre poésie. Je sais que cette règle n'est pas approuvée par quelques antiquaires qui prétendent qu'il n'y a pas plus de raison à ne point employer ces mots, qu'à ne pas employer ceux au milieu desquels ces deux voyelles se rencontrent, dont pourtant on ne fait point difficulté de se servir. Mais en cela ils ont tort. Si on souffre quelques rudesses inévitables, il ne faut pas en souffrir plusieurs que l'on peut éviter.

MÉNAGE, *Observ. sur les poésies de Malherbe*, pag. 273. In-8°. (1666.)

(*) Ménage se trompe, et l'on rencontre quelques autres hiatus dans l'auteur qu'il cite.

Entre les mots qui finissent par un *e* muet, il en est où cet *e* est précédé d'une consonne, comme nous l'avons vu dans promes*se*, mar*che*; nous assimilerons à ces mots ceux qui finissent par *gue* et par *que*; la voyelle *u* dans *gue* ne sert ordinairement qu'à donner plus de force au *g*, ainsi qu'on le voit dans fi*gue*, va*gue*; et à empêcher qu'on le prononce *je*, ainsi qu'on le prononce dans menson*ge*, et la même voyelle dans *que* n'est qu'une lettre d'accompagnement absolument muette. Par*que*, monar*que*, intri*gue*, va*gue*, etc., suivront donc la règle établie pour promes*se*, mar*che*.

Il en est d'autres où cet *e* muet est lui-même précédé d'une autre voyelle, ainsi que nous sommes à même de le remarquer dans Orph*ée*, v*ie*, j*oie*, v*ue*, ci*guë*, ai*guë*.

Les mots de la première espèce peuvent entrer dans le corps du vers, qu'ils soient suivis d'une consonne ou d'une voyelle, avec cette différence que, si le mot suivant commence par une consonne, l'*e* muet et la consonne qui le précède forment une syllabe qui compte dans le vers, à moins que cette syllabe muette ne se trouve à l'Hémistiche. Voyez ci-dessus page 11.

> Mu*se*, changeons de style, ou je ces*se* d'écrire. Boileau.

> Le mas*que* tom*be*, l'hom*me* reste,
> Et le héros s'évanouit. J.-B. Rousseau.

Si le mot suivant commence par une voyelle, l'*e* muet s'élide, c'est-à-dire, qu'il disparaît à la prononciation, ce qui fait que la consonne qui lui servait d'appui, vient frapper sur la voyelle initiale du mot suivant :

> C'est en vain qu'au Parnas*se* un témérai*re* auteur. Boileau.

> Quatre bœufs attelés, d'un pas tranquil*le* et lent,
> Promenaient dans Paris le monar*que* indolent. *Le même.*

On prononce,

> C'est en vain qu'au Parnass'un témérair'auteur.
> Tranquill'et lent, monarqu'indolent.

Les pluriels de ces mots, et les secondes personnes des verbes tu fus*ses*, tu chan*tes*, vons ê*tes*, vous aimâ*tes*, ainsi que les premières nous somm*es*, nous aimâm*es*, ne présentent aucune difficulté.

De bizarr*es* accords l'appareil insolite. CHAUSSARD.
Des vag*ues* ornements le luxe parasite. *Le même.*

Non plus que la terminaison *ent*, caractéristique de la troisième personne du pluriel des verbes, lorsqu'elle s'appuie sur une consonne, comme dans ils chant*ent*, ils dans*ent*, ils fuss*ent*, ils euss*ent*.

Par ses soins cependant, trente légers vaisseaux
D'un tranchant aviron déjà coup*ent* les flots.

BOILEAU, Épit. IV.

Qu'ils trembl*ont* à leur tour pour leurs propres foyers.

RACINE.

Les mots de la deuxième espèce, c'est-à-dire, ceux où l'*e* muet est précédé d'une autre voyelle, ne peuvent entrer dans le corps du vers que suivis d'un mot commençant par une voyelle avec laquelle cet *e* s'élide nécessairement (1).

La nuit baisse la *vue*, et, du haut du clocher,
Observe les guerriers, les regarde marcher.

BOILEAU, *le Lutrin*, chant III.

Et la scène française est en pr*oie* à Pradon. *Le même.*

---

(1) Notre poésie me paraît ridicule sur ce point; on rejette : j'ai vu mon père immol*é* *à* mes yeux; et on admet : j'ai vu ma mère immol*ée* *à* mes yeux, quoique l'hiatus du second vers soit beaucoup plus rude.

D'ALEMBERT, lettre à Voltaire, 11 mars 1770.

Immol*ée* à mes yeux n'écorche point mon gosier, parce que les deux *ée* font une syllabe longue; immol*é* à mes yeux m'écorche, parce qu'*é* est bref.

VOLTAIRE, lettre à d'Alembert, 19 mars 1770.

Immol*ée* à mes yeux me paraît plus dur qu'immol*é* à mes yeux, par la raison même que vous apportez du contraire, celle de la prolongation de la voyelle. Croyez-vous, d'ailleurs, que *la hauteur, un héros, tout le camp ennemi, disperse tout*

Il ess*uie* en riant une dernière larme. DELILLE.

De la froide cig*uë* exprime les poisons.

DESAINTANGE.

Qu'une arme se présente, imp*ie*, et tu verras
Comment je sais punir de pareils attentats,
Cr*ie* Exade ; et d'un pin, dans sa fureur profane,
Arrache un bois de cerf, présent cher à Diane.

Le même.

Molière a fait une faute en violant cette règle dans ce vers du Misanthrope :

Mais elle bat ses gens et ne les p*aie* point.

Aussi au pluriel où le *s* interposé entre l'*e* muet et la voyelle initiale s'oppose à l'élision, ces mots ne peuvent jamais figurer dans le cours du vers; ils ne peuvent être employés qu'à la fin, où la terminaison *es* donne une rime féminine; il en est de même des secondes personnes tu cri*es*, tu remu*es*, tu ploi*es*, etc.

Enfin bornant le cours de tes galanteri*es*,
Alcippe, il est donc vrai, dans peu tu te mari*es*.

BOILEAU, sat. X.

« L'*e* muet, qui est nul pour l'oreille, ne fait pas
» une syllabe en poésie; tel est l'*e* du tutoi*e*ment,
» j'agré*e*rais, j'agré*e*rai, dévou*e*ment, mani*e*ment,
» fé*e*rie, gai*e*té, etc., qu'on écrit souvent tutoîment,

---

son camp à l'aspect de Jéhu, et mille autres heurtements semblables, ne soient pas plus échorchants qu'une simple rencontre de voyelles que nos règles interdisent?

D'ALEMBERT, lettre à Voltaire, 26 mars 1770.

Il est certain que ces hiatus et ces nasales, quoique autorisés par l'exemple de nos meilleurs poètes, nuiront toujours à l'harmonie de notre langue ; et le vers suivant, quoique conforme d'ailleurs aux règles de notre versification, blessera toujours une oreille délicate :

Ici tressés *en haie, et* plantés de tes mains,
Ces saules, etc. MALFILATRE.

» j'agrérais, j'agrérai, dévoûment, manîment, gaîté;
» tel est l'*e* du verbe asseoir.

» Je me dévouerai donc ; s'il le faut ; mais je pense
» Qu'il est bon que chacun s'accuse comme moi.

LA FONTAINE.

» Je vous sacrifierai cent moutons ; c'est beaucoup
» Pour un habitant du Parnasse.

Le même.

» Sans les remords affreux qui déchirent mon cœur,
» Hiéron, j'oublierais qu'il est un ciel vengeur.
» Et ce sont ces plaisirs et ces pleurs que j'envie,
» Que tout autre que lui me paîrait de sa vie.

CHAPSAL, *Dictionn. grammt.*, pag. 325.

L'étalage se montre, et la gai*e*té s'enfuit. DELILLE.

Là, les temps, les climats, vaincus par les prodiges,
Semblent de la fé*e*rie épuiser les prestiges. *Le même.*

Je prolong*e*ais pour lui ma vie et ma misère.

RACINE, *Andromaque.*

Que crois-tu qu'Alexandre, en ravag*e*ant la terre,
Cherche parmi l'horreur, le tumulte et la guerre?

BOILEAU, épît. V.

Dans prolong*e*ais, ravag*e*ant, l'*e* est muet et ne sert qu'à donner au *g* le son adouci du *j*.

La voyelle *a*, également muette dans *a*oriste, S*a*ône, *a*oût, ne compte pas en poésie :

Je vous paîrai, lui dit-elle,
Avant l'*a*oût (oût), foi d'animal,
Intérêts et capital. LA FONTAINE.

Se plaint-elle du froid dans le cœur du mois d'*a*oût?
Ce Protée aussitôt s'affuble d'un surtout.

REGNARD, épître à M. le marquis de ***.

Le Germain, le Persan, exilés de leur zône,
Boiront, l'un l'eau du Tigre, et l'autre de la S*a*ône.

DOMERGUE, traduct. des *Eglogues* de Virgile, églog. I.

C'est au contraire l'*o* qui est nul dans fa*o*n, La*o*n, pa*o*n.

Ainsi qu'un fa*o*n (fan) timide oubliant l'herbe tendre.

GAUCHY.

Le pa*on*, fier d'étaler l'iris qui le décore. DELILLE.

Mais si cet *e* ne peut être supprimé et remplacé par l'accent circonflexe, comme il arrive dans les troisièmes personnes du pluriel : ils cri*ent*, ils ri*ent*, ils pai*ent*, ils voi*ent*, ils tu*ent*, qu'ils ai*ent*, auxquelles nous joindrons les secondes personnes du singulier, dont nous avons parlé plus haut, tu cri*es*, tu pai*es*, etc., les mots ne peuvent être placés qu'à la fin du vers où ils donnent des rimes féminines. Malfilâtre a donc fait une faute en disant, dans ses fragmens des Géorgiques de Virgile,

Et l'ardente Libye, et les murs d'Alexandre,
La voi*ent* vers le midi s'abaisser et descendre.

Delille, en disant, dans le quatrième livre de sa traduction de *l'Enéide :*

Que mille adorateurs dans Sidon, autrefois,
Ai*ent* brigué vainement l'honneur de votre choix.

Il n'y a d'exception que pour *soient*, troisième personne du verbe *être*. Il est compté pour une seule syllabe, de même que s'il s'écrivait *soit*, ainsi qu'il se prononce :

Que ses discours partout fertiles en bons mots,
Soient pleins de passions finement maniées.
BOILEAU, *Art poétique*, ch. III.

Justes, ne craignez point le vain pouvoir des hommes,
Quelqu'élevés qu'ils *soient*, ils sont ce que nous sommes.
J.-B. ROUSSEAU.

La plénitude du son *oi* (oa) dans *soient* a pu contribuer à le faire jouir de cette exception (1).

C'est cette plénitude de son (2) qui a fait recevoir

---

(1) Pourquoi n'a-t-il pas partagé cette faveur avec ils *voient*, ils *croient*, qui présentent des sons également pleins ?

(2) Non-seulement cette plénitude de son a fait recevoir *oient* des imparfaits et des conditionnels dans la texture du vers, elle a fait plus encore, elle lui a communiqué, en quelque sorte, la force virile, en sorte que, sans avoir égard au maté-

les terminaisons *aient* ou *oient* des imparfaits et des conditionnels dans le corps du vers, où elles ne forment qu'une syllabe ; ainsi ils dan*saient*, ils *étaient*, ils danse*raient*, ils se*raient*, se prononcent comme s'ils s'écrivaient, ils *était*, ils *dansait*, ils *serait*, ils *danserait :*

Les arbres étend*aient*, sous un ciel attristé,
De leurs rameaux ternis la noire nudité. LA HARPE.

Mille ruisseaux, fuyant à travers la verdure,
Se crois*aient*, circul*aient*, mari*aient* leur eau pure.
GILBERT, *la Mort d'Abel*, chant VII.

Ils ser*aient* de votre âge, et peut-être mes yeux....
VOLTAIRE, *Zaïre*, act. II, sc. 3.

Mes larmes t'implor*aient* pour mes tristes enfants.
Le même.

« La conjonction *et*, dit M. Ph. de la Madelaine, » suivie d'une voyelle, fait encore un hiatus :

» Il est très-ignorant, *et* il est entêté.

» Cependant le monosyllabe *est* n'en forme pas un, » parce que la prononciation a toujours lié le *t* du » verbe *est* à la voyelle qui le suit »,

Il *est* un heureux choix de mots harmonieux. BOILEAU.

A tous ces beaux discours j'étais comme une pierre,
Ou comme la statue *est* au Festin de pierre. BOILEAU.

» et que cette liaison ne saurait avoir lieu à l'égard » du *t* final de la Conjonction *et*.

» Un autre bâillement, que l'on n'évite pas assez, » est le concours des voyelles nasales avec les sim- » ples. On sait que le nom des voyelles nasales est » donné aux syllabes *an*, *en*, *in*, *on*, *un*. »

J'ajouterai à ces nasales *aim*, dans *faim* et *essaim* ; *om*, dans *nom* et ses composés; *amp*, dans *camp*,

---

riel, je veux dire aux lettres qui composent cette terminaison, on en a fait constamment une rime masculine.

Observons que ce son, très-plein, très-mâle dans la bouche de nos pères, qui prononçaient *oa* comme nous faisons dans *loi*, a perdu de sa force et de son étendue en se changeant en *è* : je parl*ais*, ils parl*aient*.

champ; omb, dans *plomb*, parce que le *b* dans le dernier de ces mots et le *p* dans les deux qui le précèdent, ne se prononçant pas, l'oreille n'entend que *can*, *chan*, *plon*.

« Ah! j'attendrai longtemps, la nuit est *loin* encore.
» *Loin* une raison trop timide!
» A mes cris redoublés fermant son *sein* impie.
» Un *rien* en peut troubler l'admirable harmonie.
» Disperse tout son *camp* à l'aspect de Jéhu.

» Je sais que le nom d'*Hiatus* est ici employé im- » proprement, et que la rigueur des règles ne con- » damne point de pareilles rencontres; mais il est bon » d'en avertir, afin que les poètes qui cherchent à » ménager les oreilles délicates se les permettent » rarement. »

L'*h* aspiré au commencement d'un mot que précède une voyelle, empêche l'Hiatus.

Et sur ses pieds en vain tâchant de se *h*ausser. BOILEAU.

N'allons point à l'honneur par de *h*onteuses brigues.
Le même.

Je chante ce *h*éros qui régna sur la France. VOLTAIRE.

Les exclamations, se prononçant avec une aspiration plus ou moins forte, suivent la règle des mots qui commencent par un *h* aspiré, et peuvent par conséquent se placer plusieurs de suite ou après des mots qui finissent par une voyelle :

Oh! oh! le drôle a-t-il pu si bien faire.
VOLTAIRE, *la Prude*, act. III, sc. 7.

Ah! ah! (1) c'est vous, seigneur Mercure!
MOLIÈRE, prologue d'*Amphitryon*.

C'est un homme... qui... *ah!* un homme... un homme enfin.
MOLIÈRE, *le Tartufe*, atc. I, sc. 6.

Je dis la vérité: *hélas!* à quoi sert-elle?
MOLLEVAUT, trad. des *Élégies*, de Tibulle, élég. IV, liv. 2.

Oh là, *oh!* descendez, que l'on ne vous le dise.
LA FONTAINE, liv. III, fab. 1.

---

(1) Ce mot marquant ici la surprise, devrait être écrit *ha!* C'est l'avis de MM. Domergue, Chapsal et Boniface.

Si cependant l'exclamation était précédée d'un *e* muet, cet *e* s'éliderait :

> Galaté*e*, a*h!* du moins apprends à me connaître.
> DESAINTANGE.

> Que dis-j*e!* a*h!* si tes jours fatiguent la nature.
> DELILLE, *l'Homme des champs*, ch. I.

> Le ciel devient-il sombr*e*? *eh* bien! dans le salon,
> Près d'un chêne brûlant j'insulte à l'aquilon.
> *Le même.*

> Peut-être l'herbe tendre, ou quelqu'amante, *hélas !*
> Aux étables de Crète auront conduit ses pas. TISSOT.

> Cher Zachari*e*, *hé* bien ! que nous annoncez-vous ?
> RACINE, *Athalie.*

> Allons, Phénic*e*.
> TITUS.
> *Oh* ciel ! que vous êtes injuste.

Je dis si l'exclamation était précédée d'un *e* muet, car si cet *e* était moyen et susceptible de se prononcer en prose, comme il arrive avec *le*, *ce*, *que*, l'élision n'aurait pas lieu, et l'aspiration reprendrait ses droits ; on dirait donc :

> *Ce ha!* soudain marque votre surprise.
> *Le ha!* qu'il fit entendre annonça sa surprise.
> Redoute-*le*. — *Ah !* moi le craindre !

Le mot *oui*, quand il sert à affirmer, se prononce comme s'il était précédé du signe d'aspiration (1).

> Ah ! *ce oui* se peut-il supporter.
> MOLIÈRE, *les Femmes savantes*, sc. 1.

---

(1) Quand il est pris absolument pour le participe du verbe *ouïr*, il est de deux syllabes, et ne peut être placé après une voyelle sans faire un hiatus :

> Je n'ai jamais *ou-ï* de vers si bien tournés.
> MOLIÈRE, *le Misanthrope*, act. I, sc,. 2.

> Prêt à verser son sang, qu'ai-je *ou-ï*, qu'ai-je vu?
> VOLTAIRE, *Mahomet*, act. III, sc. 8.

Oui, monsieur, il est d'elle. — Avez-vous bien ouï?
— Voilà cinq ou six fois que je vous dis *que oui*.
BOURSAULT, *les Mots à la mode*, com., sc. 1

Le patron ne voulut lui dire
Ni *oui*, ni non sur ce discours. LA FONTAINE.

Hé *oui!* ma tête est peu savante.
VOLTAIRE, *le Droit du Seigneur*, sc. 1.

LE ROI.

Son sort dépend de vous.

DONA CLARICE.

De moi?

LE ROI.

Oui, de vous-même.
DESTOUCHES, *l'Ambitieux*, act. V, sc. 8.

Si *oui* était précédé d'un *e* muet, cet *e* s'éliderait comme il s'est élidé devant les exclamations.

Je suis faible; *oui*, pardonne, une mère doit l'être.
VOLTAIRE, *l'Orphelin de la Chine*, act. II, sc. 3.

Ton cœur ressemble au fer : dans ton indifférence,
Mon fils même, *oui*, mon fils ne saurait t'enchaîner.
LÉONARD, *le Temple de Gnide*, ch. II.

Serait-il bien possible? *oui*, c'est elle, je voi
Ce présent qu'une épouse avait reçu de moi.
VOLTAIRE, *Zaïre*, act. II, sc. 3.

S'il est permis aux poètes de mettre plusieurs exclamations de suite, ils peuvent également dire *oui, oui* sans que l'oreille en soit blessée, et j'ignore ce qui a pu porter M. Demandre (1) à condamner cette répétition, contre l'autorité de Restaut, et surtout contre celle de nos meilleurs écrivains :

Oui, oui, vous me contez une plaisante histoire.
MOLIÈRE, *le Tartufe*, act. II, sc. 2.

Oui, oui, vous me suivrez, n'en doutez nullement.
RACINE, *Andromaque*, act. II, sc. 3.

Oui, oui, tout bien pesé, m'en voilà convaincu.
DESTOUCHES, *le Glorieux*, act. II, sc. 1.

---

(1) *Dictionnaire de l'Élocution française*, tom. I. pag. 572.

Dans le style familier, et surtout dans le bas comique, il est permis d'employer des phrases faites et proverbiales qui présentent des Hiatus :

Le juge prétendait qu'*à tort et à travers*
On ne saurait manquer, condamnant un pervers.

LA FONTAINE.

Le premier passe, aussi fait le deuxième,
Au tiers il dit : *Que le diable y ait part.*

Le même.

Je suais sang et eau pour voir si, du Japon,
Il viendrait à bon port au fait de son chapon.

RACINE, *les Plaideurs*, act. III, sc. 3.

Et encore dans la même scène :

Tant y a qu'il n'est rien que votre chien ne prenne.

Poisson fait dire à un jardinier :

*Tant y a qu'*à la fin j'avons fait connaissance.

L'Impromtu de Campagne, sc. 1.

« Je dirais hardiment, dans une comédie du bas comique :

» Il *y a* plus d'un mois que je ne vous ai vu. »

VOLTAIRE, lettre à d'Alembert, 19 mars 1770.

Les noms propres composés, n'étant regardés que comme un seul et même mot, peuvent entrer dans le vers malgré les hiatus, et la rencontre des voyelles n'y doit pas plus offenser l'oreille qu'elle ne la choque dans *Amiens*, *Hyacinthe*, etc.

Paris voit tous les jours de ces métamorphoses ;
Dans tout le *Pré-aux-clercs* tu verras mêmes choses.

CORNEILLE, *le Menteur*, act. II, sc. 5.

Scarron a dit aussi :

Cher Ménage et cher de Rinci,
Je suis à *Fontenay-aux-Roses*.

Condamner l'hiatus dans ces sortes de mots, ce serait les retrancher absolument de la langue poétique. Cependant ils expriment des idées qu'on peut être obligé de rendre, et qu'il serait difficile ou même impossible d'énoncer par une périphrase.

DE L'ENJAMBEMENT.

L'enjambement est un rejet au vers suivant d'un ou de plusieurs mots, en sorte que le sens suspendu à la fin du premier vers n'est terminé qu'au commencement ou dans le cours du vers qui suit.

« Quel que soit votre ami, sachez que mutuelle
» Doit être l'amitié : même ardeur, même zèle.
» Il n'est donc point d'amis, pour la dernière fois
» Je le répète encor : peu connaissent les lois
» De la vraie amitié.

» Dans les premiers vers, *mutuelle* dépend nécessairement de ces mots *doit être l'amitié ;* dans les derniers, ces mots *de la vraie amitié* sont dépendants de ceux-ci, *les lois*, et l'on ne peut les séparer dans la prononciation.

» Si cependant la dépendance d'un vers s'étendait jusqu'à la fin du suivant, en sorte qu'à la fin du premier il y eût un petit repos, l'harmonie, loin d'être blessée, n'en serait que plus sensible. »

« Là gît la sombre envie, à l'œil timide et louche,
» Versant sur des lauriers les poisons de sa bouche.
» Ce malheureux combat ne fit qu'approfondir
» L'abîme dont Valois voulait en vain sortir. VOLTAIRE.

Grammaire de Wailly.

Les enjambements sont proscrits des vers de douze syllabes dans la haute poésie, à moins qu'il n'en résulte une beauté; mais ils sont tolérés, quelquefois même recherchés dans les vers de dix syllabes, où ils rompent la monotonie qui naîtrait de l'uniformité du rhythme, et principalement dans les fables et dans toutes les pièces de poésie badines et légères, quelle que soit la mesure des vers.

« Si c'est une faute, dit Richelet (1), de terminer » après le commencement du vers le sens qui a

(1) *Traité de la versification*, en tête du *Dict. des rimes*, pag. 31. (1778.)

» commencé au vers précédent, ce n'en est pas une
» de l'y interrompre, soit par la passion, comme
» dans les vers suivants :

Le ciel te donne Achille, et ma joie est extrême
De t'entendre nommer... mais le voici lui-même.

RACINE.

» soit dans le dialogue, lorsque celui qui parlait
» est interrompu par quelqu'un, comme dans ces
» vers d'Andromaque du même auteur :

Je prolongeais pour lui ma vie et ma misère :
Mais enfin sur ses pas j'irai revoir son père.
Ainsi tous trois, seigneur, par vos soins réunis,
Nous vous....

PYRRHUS.

Allez, madame, allez voir votre fils.

» Il faut cependant que le sens soit tout-à-fait
» suspendu à l'endroit où se fait l'interruption, car,
» s'il n'était pas suffisamment déterminé, le chan-
» gement soudain du discours, ni l'arrivée impré-
» vue d'un acteur ne sauveraient pas l'enjambement,
» comme si Racine eût mis ces paroles dans la
» bouche de Clytemnestre :

» Le ciel te donne Achille, et ma joie est extrême
» De le voir ton époux. Mais le voici lui-même.

» ou celles-ci dans la bouche d'Andromaque :

» Ainsi tous trois, seigneur, par vos soins réunis,
» Nous ne craindrons plus rien.

PYRRHUS.

Allez voir votre fils. »

L'enjambement, loin d'être un défaut, devient une beauté, quand il fait image, c'est-à-dire quand il peint l'objet qu'on se propose de représenter. C'est ainsi que Racine, voulant exprimer la mort prompte et certaine dont Iphigénie est menacée, dit :

Si ma fille une fois met le pied dans l'Aulide,
Elle est morte..... Calchas, qui l'attend en ces lieux,
Fera taire nos pleurs, fera parler ses dieux.

Colardeau, pour peindre la promptitude avec laquelle le papillon s'enfuit au moment où on le prenait pour une fleur qu'on allait cueillir, rejette avec art le verbe au vers suivant :

L'insecte, tout-à-coup détaché de sa tige,
S'enfuit..... et c'est encore une fleur qui voltige.

Dans ces vers de Delille, le rejet du verbe marque la pesanteur.

Soudain le mont liquide élevé dans les airs
Retombe. Un noir limon bouillonne au fond des mers.

En pleurant de nos Grecs l'aventure inhumaine,
Nous allons relâcher à cette île lointaine
Que tu vois.

DESAINTANGE, trad. des *Métamorph.*, chant XIV, chap. 5.

« Quoique l'enjambement, ajoute cet habile tra-
» ducteur, dans ses remarques ensuite du chant
» quatorzième, soit plus dans le génie de la langue
» latine que de la nôtre, il n'est pas défendu de l'em-
» ployer quelquefois, pour éviter les chutes unifor-
» mes de nos vers rimés deux à deux, et pour diver-
» sifier la mesure. Il ne faut en user qu'avec beaucoup
» d'art et de sobriété : mais, ici, si je ne me trompe, il
» n'est pas dénué d'une certaine grâce naïve ; et, de
» plus, le style moins soutenu du dialogue le permet
» et le justifie. »

DE LA RIME.

La rime est le retour de sons égaux ou équivalents à la fin des vers (1).

La rime étant un des caractères distinctifs de notre poésie, le législateur de notre Parnasse a cru devoir la recommander d'une manière expresse au commencement du Code qu'il a laissé à ceux qui cultivent les muses françaises.

(1) La rime est l'uniformité de son dans les syllabes qui terminent deux vers correspondants l'un à l'autre.

G. GLEY, *Langue et Littérature des anciens Francs*.

Quelque sujet qu'on traite, ou plaisant ou sublime,
Que toujours le bon sens s'accorde avec la rime.
L'un l'autre vainement ils semblent se haïr,
La rime est une esclave, et ne doit qu'obéir.
Lorsqu'à la bien chercher d'abord on s'évertue,
L'esprit à la trouver aisément s'habitue;
Au joug de la raison sans peine elle fléchit,
Et, loin de la gêner, la sert et l'enrichit;
Mais, lorsqu'on la néglige, elle devient rebelle,
Et, pour la rattraper, le sens court après elle.

La rime se divise,

1°. En rime masculine et en rime féminine.

La rime masculine est celle qui présente un son plein et sonore :

Dans Florence, jadis, vivait un médecin,
Savant hableur, dit-on, et célèbre assassin. BOILEAU.

Moi qui, contre l'amour fièrement révolté,
Aux fers de ses captifs ai long-temps insulté. RACINE.

La rime féminine est celle où la dernière syllabe du vers est muette; et comme la voix ne peut s'arrêter que sur la syllabe sonore qui précède la syllabe muette, les vers à rime féminine comportent toujours une syllabe de plus que les vers masculins faits sur la même mesure; ainsi les vers féminins, dont les vers masculins ont douze syllabes, se composent de treize; les vers féminins, dont les masculins ont dix syllabes, se composent de onze, ainsi de suite.

Vers de douze syllabes.

Je chan | te les | combats | et ce | prélat | terri | *ble*,
Qui par | ses longs | travaux | et sa | force in | vinci | *ble*,
Dans u | ne illus | tre égli | se exer | çant son | grand cœur,
Fit pla | cer à | la fin | un lu | trin dans | le chœur. BOILEAU.

Vers de dix syllabes.

Si j'é | tais roi, | je vou | drais ê | tre jus | *te*
Et dans | la paix | mainte | nir mes | sujets,
Et tous | les jours | de mon | empi | re augus | *te*,
Seraient | marqués | par de | nouveaux | bienfaits.
VOLTAIRE.

Vers de huit syllabes.

Montrez- | nous, guer | riers ma | gnani | *mes*,
Votre | vertu | dans tout | son jour ;
Voyons | comment | vos cœurs | subli | *mes*
Du sort | soutien | dront le | retour. J. B. Rousseau.

Si l'on continuait cet examen sur les vers plus courts, on obtiendrait le même résultat, et l'on verrait que la syllabe muette qui rend la rime féminine, excède toujours le nombre des syllabes qui composent le vers masculin de même mesure.

Remarquez que tous les mots qui se terminent soit par un *e* muet comme fêt*e*, incendi*e*, vu*e*, il chant*e*, il cri*e*, je chant*e*, je cri*e*, etc. ; soit par cet *e* suivi de la lettre *s*, comme dans les fêt*es*, les incendi*es*, les vu*es*, pâqu*es*, ténèbr*es*, etc., tu chant*es*, tu cri*es*, vous êt*es*, nous fûm*es*, etc. ; soit enfin par cet *e* suivi de *nt* dans les troisièmes personnes du pluriel des verbes, comme ils chant*ent*, ils cri*ent*, ils chantèr*ent*, ils fur*ent*, etc. ; que tous ces mots, dis-je, donnent toujours des rimes féminines :

Mais c'est pour l'ébranler une faible tempêt*e* ;
Le livre sans vigueur mollit contre sa têt*e*. Boileau.
Mille oiseaux effrayants, mille corbeaux funèbr*es*,
De ces lieux désertés habitent les ténèbr*es*. *Le même.*

O vous, qui de la cour affrontez les tempêt*es*,
Qu'ont de commun les champs et le trouble où vous êt*es*.
Delille.

Tu dis à leurs concerts, qui chaque jour reviennen*t*.
Cet orchestre est à moi, ces chantres m'appartienn*ent*.
Lalanne.

Il faut excepter de la règle qui regarde les troisièmes personnes des verbes qui finissent par *ent*, les imparfaits et les conditionnels où la terminaison *aient* donne une rime masculine, comme dans ils chan*taient*, ils cri*aient*, ils chanter*aient*, ils crier*aient*, etc. *Voyez* la note au bas de la page 21.

De là sont nés ces bruits reçus dans l'univers,
Qu'aux accents dont Orphée emplit les monts de Thrace,
Les tigres amollis dépouillaient leur audace ;

Qu'aux accords d'Amphion les pierres se mouv*aient*,
Et sur les murs thébains en ordre s'élev*aient*. BOILEAU.

Je les vis au bord de la Seine,
Que tes pas légers parcour*aient*,
Quand d'une lumière incertaine,
Diane et l'Amour t'éclair*aient*;
Quand tous les zéphirs accour*aient*,
Volaient, et te suivaient à peine,
Et que les Grâces admir*aient*
Leur sœur, leur émule et leur reine. BERNARD.

Lorsque cette terminaison *ent* n'appartient pas à la troisième personne du pluriel d'un verbe, elle appartient à un nom, à un adjectif ou à un adverbe, compliment, dilig*ent*, heureusem*ent*; alors elle se prononce *an*, et, donnant un son plein, elle forme une rime masculine.

Sous les coups redoublés tous les bancs retentissent;
Les murs en sont émus, les voûtes en mugissent;
Et l'orgue même en pousse un long gémissem*ent*.
Que fais-tu, chantre, hélas! dans ce triste mom*ent*?
BOILEAU, *le Lutrin*.

Il ne peut pas y avoir d'*e* muet devant le *z*, et c'est par cette raison même qu'il devient inutile de placer l'accent sur l'*e* suivi de cette lettre dans la même syllabe. Ainsi, *ez* donnera une rime masculine, et vous abandonn*ez* rimera fort bien avec les infortun*és*; vous chant*ez* avec les beaut*és*, les bont*és*, etc.

Vous me les rendez chers, et ces infortun*és*...

NÉRESTAN.

Vous, les protéger! vous qui les abandonn*ez*.
VOLTAIRE, *Zaïre*, act. II, sc. 2.

Permettez que ces nœuds par vos mains assembl*és*.

OROSMANE.

Que dites-vous? ô ciel! est-ce vous qui parl*ez*. *Le même.*

2°. Ces rimes, tant masculines que féminines, se divisent en rimes riches et en rimes suffisantes.

La rime riche est formée d'un son parfaitement semblable à celui de la rime correspondante, et souvent représenté par les mêmes lettres :

C'est en vain qu'au Parnasse un téméraire au*teur*
Pense de l'art des vers atteindre la hau*teur*. BOILEAU.

Ainsi pour nous charmer, la tragédie, en pleurs;
D'Oreste parricide exprima les a*larmes*,
Et pour nous divertir nous arracha des *larmes*. *Le même.*

« Dans les longs ouvrages, dit Louis Racine (1), il » n'est pas toujours nécessaire que la rime soit riche; » mais il est toujours nécessaire qu'elle soit exacte. » Pécher en vers français contre la rime, c'est pécher » en vers latins contre la quantité : le crime est égal; » mal rimer, c'est mal faire des vers. »

La rime suffisante est celle, comme l'a dit M. Chapsal, qui n'a pas une convenance aussi exacte de son et d'orthographe, mais qui suffit cependant pour frapper agréablement l'oreille par une consonnance entre les deux vers :

Travaillez pour la gloire, et qu'un sordide *gain*
Ne soit jamais l'objet d'un illustre écri*vain*.
Je sais qu'un noble esprit peut, sans honte et sans *crime*,
Tirer de son travail un tribut légit*ime*. BOILEAU.

La rime masculine est riche, lorsque la consonne qui sert d'appui à la voyelle ou à la diphthongue de la dernière syllabe est la même dans les deux vers. Et s'il se trouve deux consonnes, il suffit qu'une de ces deux consonnes servant d'appui, soit semblable dans les deux mots, exemple :

a*mant*	séna*teur*	trem*bleur*	é*crit*.
char*mant*	adula*teur*	pâ*leur*	ré*cit*.

La rime masculine est suffisante, lorsque la dernière voyelle ou diphthongue des deux mots en rime avec tout ce qui la suit y rend un même son, comme :

am*ant*	rum*eur*	écr*it*	disc*ours*	print*emps*.
lis*ant*	od*eur*	éd*it*	am*ours*	innoc*ents*. (2).

---

(1) *Réflexions sur la poésie*, chap. IV, art. 1, à la fin.

(2) Quand la dernière voyelle de deux mots en est aussi la dernière lettre, la rime suffisante est absolument rejetée, et c'est une maxime qu'il n'y a point de rime à une lettre, si le mot

La rime féminine est riche, lorsque la consonne qui sert d'appui à la voyelle ou à la diphthongue de l'avant-dernière syllabe, est la même dans les deux vers, ou même si une des consonnes servant d'appui se trouve être la même que celle qui sert d'appui à l'avant-dernière syllabe du mot correspondant :

na*ture*	vic*toire*	é*crire*	em*phase*	in*trigue*.
cein*ture*	his*toire*	*rire*	*phrase*	b*rigue*.

La rime féminine est suffisante, quand l'avant-dernière voyelle ou diphthongue avec ce qui la suit rend un son semblable à celui que fait entendre le mot avec lequel il doit rimer :

ouvr*age*	suppl*ice*	cr*ime*	plais*ante*	jalous*ie*.
apprentiss*age*	v*ice*	vict*ime*	triomph*ante*	v*ie* (I).

a plus d'une syllabe. Ainsi personne ne passerait aujourd'hui les rimes suivantes :

Il triomph / Il dompt } *a* — forc / désarm } *é* — ennem / assujett } *i* — vainc / batt } *u*

Il semble pourtant que, lorsque cette voyelle fait une syllabe à part, la rime n'en serait pas tout-à-fait insupportable, comme ob*éi*, tra*hi*.

Le P. Morgues, *Traité de la poésie franç.*, ch. IV, règl. 3.

Comme les diphthongues rendent un son fort plein, elles font la rime fort bonne, lors même qu'elles terminent les mots qu'on y emploie, et qu'elles sont précédées de consonnes différentes.

Table / Pince } *au* — effr / empl } *oi* — gen / caill } *ou* — av / mili } *eu*

Même *Traité*, règle 7.

(1) La rime féminine est toujours bonne, dit le P. Morgues, lorsque, retranchant l'*e* muet des mots, ce qui reste fait une bonne rime masculine; mais si ce qui reste fait une mauvaise rime masculine, la féminine est fausse. Examinant sur cette maxime les rimes suivantes :

hasarde	pardonne	commune
regarde	soupçonne	importune

on les trouvera justes, parce que ces autres sont régulières :

hasard	pardon	commun
regard	soupçon	importun

Vous voyez que, dans les rimes suffisantes, on n'a pas égard à la consonne ou aux consonnes qui servent d'appui; mais il n'en n'est pas de même des consonnes qui suivent les voyelles ou les diphthongues.

Notre langue a des lettres analogues, c'est-à-dire, qui présentent le même son ou des sons à-peu-près semblables. Nos lettres analogues sont *c*, *g*, *k*, *q*. — *d*, *t*. — *s*, *x*, *z*. — *f*, *ph*.

Dans le cas où une de ces lettres offre dans un mot un son semblable ou à-peu-près semblable à celui que présente sa lettre analogue dans un autre mot, la rime est admise. On rimera donc bien fl*anc* avec s*ang* et r*ang*, fr*oc* avec c*oq* et K*ock* :

> Sire, mon père est mort, mes yeux ont vu son *sang*
> Couler à gros bouillons de son généreux *flanc*. CORNEILLE.

> Votre nom, s'il vous plaît, vos titres, votre *rang* :
> Je ne les savais point; ils sont restés en *blanc*.
> DESTOUCHES, *le Glorieux*, act. V, sc 5.

> .... Seigneur, votre Excellence,
> Avec sa queue en cercle et son grand *froc*,
> N'est-elle pas une façon de *coq*. DE JUNQUIÈRES.

Gr*and* avec ignor*ant*; broc*ard*, can*ard* avec *art*, remp*art*; il pl*aît* avec l*aid*; b*ord* avec m*ort*, transp*ort* :

> O le plaisant projet d'un poète ignor*ant*,
> Qui de tant de héros va choisir Childebr*and*. BOILEAU.

Au contraire celle-ci ne vaut rien :

> armée
> domptée,

parce qu'*armé* ne rime point avec *dompté*. Cette règle bien pénétrée peut tenir lieu de plusieurs.

Traité de la Versification franç., p. 49.

On tolère la rime suffisante dans la terminaison en *ue*, comme gr*ue*, ém*ue*. Chez Benserade,

> Le paon soupait avec la grue,
> Et comme il se vantait pendant tout le repas,
> Elle lui répondit, sans en paraître émue,
> Vous le portez bien haut, mais vous volez bien bas.

Même *Traité*, pag. 50.

Son nez tortu s'élargit et s'ét*end*,
Et vient chercher son menton tremblott*ant*.
BAOUR DE LORMIAN.

Mais ne choisissez pas ces objets au has*ard;*
Pour la belle nature épuisez tout votre *art*. DELILLE.

En vain pour nous sauver ce grand peuple se p*erd*,
Le père nous nuit plus que le fils ne nous *sert*.
RACINE, *les Frères ennemis.*

Vous trouvez donc l'ouvrage. . . .— Extravagant. — Il pl*aît*
Par de fort beaux détails. — Dont l'ensemble est fort l*aid*.
CHAUSSARD.

C'est vous que nous cherchons sur ce funeste b*ord*,
Et votre nom, seigneur, la conduit à la m*ort*. RACINE.

Je triomphe, et pourtant je me flatte d'ab*ord*
Que la seule vengeance excite ce transp*ort*. *Le même.*

Ep*ais* avec p*aix ;* ép*ris* avec pr*ix ; fois*, je v*ois* avec v*oix* , cr*oix ;* p*oids* avec p*oix ;* n*ous*, v*ous* avec d*oux*, courr*oux* , etc.

Elle a vu trois guerriers, ennemis de la p*aix*,
Marcher à la faveur de ses voiles ép*ais*. BOILEAU.

Vous donc qui d'un beau feu pour le théâtre ép*ris*,
Venez en vers pompeux y disputer le p*rix*. *Le même.*

Il vient pour vous chercher. C'est lui, j'entends sa v*oix*,
Adieu, mes vers, adieu pour la dernière f*ois*. *Le même.*

Hé bien, allez, sous lui fléchissez les gen*oux*,
Je saurai réveiller les chanoines sans v*ous*. *Le même.*

N*ez* rimera avec fortun*és* , ass*ez* avec compass*és* , commenc*és ;* vous chant*ez* avez les beaut*és*, vous command*iez* avec p*ieds* , etc. :

La peste de ta chute! empoisonneur au diable!
En eusses-tu fait une à te casser le *nez*.
PHILINTE.
Je n'ai jamais ouï de vers si bien tour*nés*.
MOLIÈRE, *le Misanthrope*, act. 1, sc. 3.

Dès nos plus jeunes ans, tu t'en souviens ass*ez*,
L'amour serra les nœuds par le sang commenc*és*.
RACINE, *Bajazet.*

Non, madame, il suffit que vous me command*iez*,
Vous nous verrez combattre et mourir à vos p*ieds*.
RACINE, *Iphigénie.*

Voyez ce qui a été dit de la lettre *z* ci-dessus, p. 32,

Echau*ffée*, coi*ffée* rimeront avec tro*phée*, Al*phée*, Mor*phée*, etc., éto*ffe* avec philoso*phe*, gri*ffe* avec logogry*phe*, etc.

Le Pénée au loin fumé ; et l'amoureux Al*phée*
Par d'autres feux alors sent son onde échau*ffée*.

DESAINTANGE.

Je vous le dis sans logogry*phe*,
Belles, si vous craignez la gri*ffe*,
N'éveillez pas le chat qui dort. LEBRUN.

L'Inde offre à mes regards le superbe élé*phant*,
Doux et fier animal que gouverne un en*fant*. ROSSET.

Non-seulement tous les mots que nous venons de voir sont susceptibles de rimer entre eux dans les deux nombres ; mais encore une infinité d'autres, qui ne pourraient rimer au singulier, présentent au pluriel des rimes suffisantes. Etablissons même pour règle constante qu'à ce nombre la lettre qui se fait sentir, dans le dérivé, la première après le primitif, n'offre plus à la rime l'obstacle qu'elle mettait au singulier, quoiqu'à ce nombre elle fût également muette. C'est ainsi qu'au pluriel seulement on peut faire rimer ensemble : r*angs*, *ans*, ch*amps*, ch*ants*, rom*ans*, fl*ancs*, gr*ands*, t*emps*, sentim*ents*, diffé*rents*.

Frac*as*, br*as*, écl*ats*, ét*ats*, p*as*, clim*ats*, dr*aps* ; remp*arts*, M*ars*, d*ards*, ép*ars* ; m*ers*, perv*ers*, div*ers*, dés*erts*, ouv*erts*, v*erts* ; espr*its*, épr*is*, écr*its*, pr*ix*, f*ils* ; expl*oits*, b*ois*, f*ois*, p*oids*, l*ois*, v*oix*, d*oigts* ; ess*ors*, acc*ords*, c*orps*, s*orts*, eff*orts*. Hér*os*, fl*ots*, br*ocs*, riment non-seulement ensemble, mais même avec m*aux*, *eaux*, ruiss*eaux*, hér*auts*, échaf*auds* ; j*ours*, faub*ourgs* avec c*ourts*, l*ourds*, s*ourds* ; n*ous*, courr*oux*, avec c*oups*, p*ouls*, g*oûts* :

Il est dans tout autre art des degrés différ*ents*,
On peut avec honneur remplir les seconds r*angs* (1).

BOILEAU.

(1) Ces rimes, ai-je dit, sont permises, mais au pluriel seule.

Mais quoi ! l'art de jouir, et de jouir des ch*amps*,
Se peut-il enseigner ? Non, sans doute, et mes ch*ants*, etc.

Delille.

La plaine retentit de longs mugissem*ents* :
La terre tremble au loin, s'entr'ouve, et dans ses fl*ancs*,
Engloutit et des monts et des villes entières.

Dulard, *les Merveilles de la Nature*, chant III.

Opposez les tableaux terribles ou touch*ants*,
Et des maux de la ville embellissez les ch*amps*. *Le même.*

Vous dirai-je l'oubli de soins plus import*ants*,
Les devoirs immolés à de vains passe-*temps*. *Le même.*

Dans tous les *temps*,
Pour parvenir au bonheur de leur plaire,
On a bercé la vanité des gr*ands*
Avec des contes de grand'-mère.

Dumoustier, lettre XLVIIe sur la Mythologie.

Allez, vils combattans, inutiles sold*ats*,
Laissez là ces mousquets trop pesants pour vos br*as*.

Boileau.

Quoi ! même dans ton lit, cruel, entre deux dr*aps*,
Ta profane fureur ne se repose p*as*. *Le même.*

Que demain le soleil, éclairant ces clim*ats*,
Aux rives du Jourdain ne vous retrouve p*as*. Voltaire.

---

ment, et M. Chênedollé a péché contre les règles de notre poésie, en disant :

Dieu doit tout compenser ; et sa puissance auguste,
Dans un monde où chacun doit être à son vrai r*ang*,
Saura bien réparer ce désordre appar*ent*.

Le Génie de l'Homme, chant III.

Je sais que quelques poètes se sont permis, dans des pièces libres et familières, de faire rimer des mots, nonobstant l'opposition que semblait présenter la lettre qui se fait sentir la première dans le dérivé. C'est ainsi que Voltaire a dit :

Il gronde, il crie, et pense fortem*ent*
Que le grand diable est entré dans le c*amp*.
Manquant de tout, dans mon chagrin poign*ant*,
J'allai trouver Le Franc de Pompign*an*.

Mais ce qui peut être toléré dans la poésie badine devient faute dans le syle soutenu.

Rassembla les humains dans les forêts ép*ars*,
Enferma les cités de murs et de remp*arts*. BOILEAU.

Vous n'entendrez partout qu'injurieux broc*ards*,
Et sur vous et sur lui fondre de toutes p*arts*. *Le même.*

Et poursuivant Moïse au travers des dés*erts*,
Court avec Pharaon se noyer dans les m*ers*. *Le même.*

C'est par là que Molière, illustrant ses éc*rits*,
Peut-être de son art eût remporté le p*rix*. BOILEAU.

On apporte à l'instant ses somptueux hab*its*,
Où sur l'ouate molle éclate le tab*is*. *Le même.*

Une égale fureur anime leurs espr*its*,
Tels deux fougueux taureaux de jalousie ép*ris*. *Le même.*

Malherbe d'un héros peut vanter les expl*oits*;
Racan chanter Philis, les bergers et les b*ois*. *Le même.*

Et saisit en pleurant le rochet qu'autref*ois*
Le prélat trop jaloux lui rogna de trois d*oigts*. *Le même.*

La Salle, Beringhem, Nogent, d'Ambre, Cav*ois*,
Fendent les flots tremblants sous un si noble p*oids*.
Le même.

Sur un bâton noueux laisse tomber son c*orps*,
Dont la chicane semble animer les ress*orts*. *Le même.*

Entre la brute et l'homme, entre l'homme et la plante,
Et la terre et le ciel, et l'esprit et le c*orps*,
Elle cherche et saisit d'ingénieux acc*ords*. DELILLE.

Par son ordre Grammont, le premier dans les fl*ots*,
S'avance, soutenu des regards du hér*os*. BOILEAU.

Tout conspire à la fois à troubler mon rep*os*;
Et je me plains ici du moindre de mes m*aux*. *Le même.*

Muse, redis-moi donc quelle ardeur de vengeance
De ces hommes sacrés rompit l'intelligence,
Et troubla si long-temps deux célèbres riv*aux*.
Tant de fiel entre-t-il dans l'ame des dév*ots*? *Le même.*

Mais sans examiner si, vers les antres s*ourds*,
L'ours a peur du passant, ou le passant de l'*ours*. *Le même.*

. . . .

Et que je dois compter que, dans fort peu de j*ours*,
J'aurai pour confident la ville et les faub*ourgs*.

DESTOUCHES, *le Philosophe marié*, act. I, sc. 2.

Comment puis-je sitôt servir votre courr*oux* ?
Quel chemin jusqu'à lui peut conduire mes c*oups* ?
RACINE, *Andromaque.*

Nous voyons des lions et des ours, et des l*oups*,
Se rassembler en groupe et s'avancer vers n*ous*.
DESAINTANGE.

Par la même raison les bienf*aits* rimeront avec f*aix* :

De ton trône agrandi portant seul tout le f*aix*,
Tu cultives les arts, tu répands les bienf*aits*. BOILEAU.

Les fest*ons*, avec le f*onds*, les sec*onds*, les p*onts*, les plus pr*ompts*, etc. ; sablonn*eux* rimera avec n*œuds*.

Il siffle, il s'enfle, il roule, il déroule ses *nœuds*.
Et de ses vastes plis bat ses bords sablon*neux*. DELILLE.

Les homonymes s*eings*, s*eins*, s*aints*, s*ains*, c*eints*, au pluriel, présentent de bonnes rimes.

F*aim*, d*aim*, ess*aim*, *thym*, ne présentant à l'oreille que le son *ein*, rimeront avec p*ain*, air*ain*, sat*in*, s*ein*; n*om* avec n*on*, gaz*on*, s*on*; parf*um* avec comm*un* :

Et la fièvre au retour terminant son des*tin*,
Fit par avance en lui ce qu'aurait fait la f*aim*. BOILEAU.

Baignent d'oiseaux brillants un innombrable es*saim*,
De masses de verdure enrichissent leur *sein*. DELILLE.

Éclaircis tes beaux yeux, et que j'y voie encore
Cette sérénité que n'offre point l'Aurore,
Lorsque, versant ses pleurs sur la rose et le *thym*,
Elle ouvre dans les cieux les portes du ma*tin*.
L. RACINE, traduct. du *Paradis perdu.*

Là, plus d'un bourg fameux par son antique *nom*,
Vient offrir à l'oreille un agréable *son*. BOILEAU.

. . . . Et cette île maudite,
Qui, de singes peuplée, en a tiré son *nom*.
Les Cercopes menteurs l'habitèrent, dit-*on*. DESAINTANGE.

Mn présente le même son que le simple *n*, *damne*, *condamne*, *automne* : *hymne* est excepté, et n'a point de rime :

Et l'on veut qu'Hippolyte, épris d'un feu prof*ane*....
Oui, c'est ce même orgueil, lâche, qui te cond*amne*.
RACINE, *Phèdre.*

Consolez-vous, mes chers troupeaux,
De tous les maux
Que la froide saison vous *donne*....
Mais il n'est plus d'été, de printemps ni d'aut*omne*.

iè rime avec *è* et avec *ai*, quand il a le son de l'*è* grave, comme dans :

prem*ière* (1) n*ièce* t*iède* *aime* h*aine* n*aître*
p*ère* tendr*esse* c*ède* m*ême* g*êne* *être* :

Fille d'Agamemnon, c'est moi qui la prem*ière*,
Seigneur, vous appelai de ce doux nom de p*ère*.
RACINE, *Iphygénie*.

A tous ces lieux, oh! combien je préf*ère*
Le sol fécond que baigne une riv*ière*. CAMPENON.

C'est à qui sera jeune, amant, prince ou princ*esse*,
Et la troupe est souvent un beau sujet de p*ièce*. DELILLE.

C'est l'erreur que je fuis, c'est la vertu que j'*aime* ;
Je songe à me connaître, et me cherche moi-m*ême*.
BOILEAU.

C'est peu de la chercher il faut qu'il la ram*ène*.
S'il ne trouve pas, l'exil sera sa p*eine*. DESAINTANGE.

Ui et *i* donnent des rimes suffisantes, si les consonnes qui suivent *ui* et *i* sont semblables ou analogues.

. . . . point de br*uit*,
Tout doux, un amené sans scandale suff*it*.
RACINE, *les Plaideurs*, act. II, sc. 14.

La diphthongue *ui* et la voyelle *i* peuvent servir d'appui à une rime féminine, pourvu qu'elles soient suivies des mêmes consonnes :

n*uire* g*uide* r*uine* f*uite* v*ivre* just*ice*
l*ire* rap*ide* chagr*ine* interd*ite* s*uivre* S*uisse*, etc.

Seigneur, vous m'avez vue attachée à vous n*uire* ;
Dans le fond de mon cœur vous ne pouviez pas l*ire*.
RACINE.

Et ne saurait souffrir qu'une phrase insip*ide*
Vienne à la fin du vers remplir la place v*uide*. BOILEAU.

---

(1) Les mots terminés en *ière* ne devraient régulièrement rimer qu'entre eux ; cependant, on les associe aux terminaisons en *aire* et en *ère* ouverts. PH. DE LA MADELAINE.

Crois-tu que je me plaise, en mon humeur chagr*ine*,
A ne voir que malheur, que désordre et r*uine*.
L. Racine, épître 2e *sur l'homme*.

Songe à tout, chère Ismène, et sois prête à la f*uite*.
Thésée.

Vous changez de couleur, et semblez interd*ite*. Racine.

. . . . Et l'homic*ide*? —
Eh bien mon frère, eh bien, m'en a-t-on fait le g*uide*?
Gilbert, *la mort d'Abel*, chant VIII.

Ma gloire, mon amour vous ordonnent de v*ivre*;
Venez, madame, il faut les en croire et me s*uivre*.
Racine.

Un jour, dit un auteur, n'importe en quel chap*itre*,
Deux voyageurs à jeun rencontrèrent une h*uître*. Boileau.

. . . . O ma chère Céph*ise*,
Ce n'est plus avec toi que mon cœur se dég*uise*.
Racine, *Andromaque*, act. IV, sc. 1.

Son esprit vit la vérité,
Et son cœur connut la just*ice*,
Il a fait l'honneur de la S*uisse*
Et celui de l'humanité. Voltaire.

. . . . Ainsi des rochers de la S*uisse*
S'unit à nos taureaux la féconde gén*isse*.
Delille, *l'Homme des champs*, ch. 2.

Il part : en ce moment d'Estrée évan*ouie*
Reste sans mouvement, sans couleur et sans v*ie*.
Voltaire, *la Henriade*, chant IX.

OEgine, tu le vois, il faut que je la f*uie*;
Loin que ma fille pleure et tremble pour sa v*ie*,
Elle excuse son père. Racine, *Iphigénie*, act. IV, sc. 2.

Ien monosyllabe et *i-en* de deux syllabes, ainsi que *ieu* monosyllabe et *i-eu* de deux syllabes, riment suffisamment :

Des superbes mortels le plus affreux l*ien*,
N'en doutons point, Arnaud, c'est la honte du b*ien*.
Boileau.

Mortels, rassurez-vous : un cercle rad*ieux*,
Pour consoler vos maux, va briller dans les c*ieux*.
Michaud, *le Printemps d'un Proscrit*, chant I.

Ai rime avec l'*é* fermé, quand il prend le son de

cette voyelle, comme il arrive dans les passés définis des verbes de la première conjugaison, j'aim*ai*, je chant*ai*, je cri*ai*, et dans les futurs de tous les verbes, je chanter*ai*, je lir*ai*, je prendr*ai*, etc.

Il partit donc, et moi, je m'en al*lai*,
Loin des soupçons d'une ville indiscrète,
Chercher aux champs une sombre retraite
Conforme aux soins de mon cœur déso*lé*. VOLTAIRE.

Le voilà donc, grand dieu ! ce prophète sa*cré*,
Ce roi que je servis, ce dieu que j'ado*rai*.
Le même, *Mahomet*, act. V, sc. 2.

Et, grâce à ses leçons, sans avoir voya*gé*,
Vous n'imaginez pas la science que *j'ai*. DE BOUFFLERS.

. . . .
Qu'Hermione est le prix d'un tyran oppri*mé*;
Que je le hais; enfin, seigneur, que je l'ai*mai*. RACINE.

« Cette rime oppri*mé*, ai*mai*, dit Racine le fils, » pareille à celle qu'on a vue plus haut, consu*mé*, » allu*mai*, est exacte à l'oreille, parce que nous » peignons les mêmes sons avec des caractères dif- » férents, comme je pro*mets*, j'ai*mais*; cependant » la rime est toujours plus agréable, quand elle con- » tente l'oreille et les yeux. »

Ai prend ordinairement, devant le *s* et le *t*, le son de notre *è* ouvert, et notamment dans les imparfaits j'aim*ais*, tu aim*ais*, il aim*ait*, je lis*ais*, etc.; je pre-n*ais*, etc.; et dans les conditionnels j'aimer*ais*, tu aimer*ais*, il aimer*ait*; je lir*ais*, etc.; je prendr*ais*, etc. Ainsi, jam*ais*, attr*aits*, f*aits*, j'aim*ais*, tu aim*ais*, j'aimer*ais*, tu aimer*ais*, etc., riment non-seulement ensemble, mais aussi avec succ*ès*, prof*ès*, les proj*ets*, les suj*ets*, je prom*ets*, tu prom*ets*, etc. Tr*ait*, attr*ait*, f*ait*, il aim*ait*, il aimer*ait*, riment non-seulement ensemble, mais encore avec proj*et*, suj*et*, for*êt*, il prom*et*, etc.

. . . . C'est en vain qu'aux poètes
Les neuf trompeuses sœurs, dans leurs douces retraites,
Promettent du repos sous leurs ombrages fr*ais* :
Dans ces tranquilles bois pour eux plantés expr*ès*,
La cadence aussitôt, etc. BOILEAU, *épître* XI.

Il nous le fait garder jour et nuit, et de *près*,
Autrement serviteur, et notre homme est aux pl*aids*.

RACINE, *les Plaideurs*.

Vont sur le grand théâtre, ennuyés à grands fr*ais*
Transporter leurs champarts, leurs moulins, leurs for*êts*.

DELILLE.

Jamais le faible agneau dans le fond des for*êts*
Du loup qui le poursuit a-t-il reçu la p*aix*? AIGNAN.

Rien ne vous engageait à m'aimer en eff*et*.

HERMIONE.

Je ne t'ai point aimé, cruel, qu'ai-je donc f*ait*? RACINE.

Moment fatal où le public souffl*ait*
Dans maint tuyau que tu nommes siffl*et*. LEBRUN.

Ai, servant d'appui à une rime féminine, prend le son de l'*è* grave et rime avec cette voyelle; c'est pourquoi f*aible* rimera à h*ièble*; v*aine*, l*aine*, à g*êne*, ch*êne*, ar*ène*, p*eine*, r*eine*. *Voyez* pag. 41.

Le doux plaisir des champs fuit une pompe v*aine*:
L'orgueil produit le faste, et le faste la g*êne*. DELILLE.

Témér*aire*, cors*aire*, f*aire*, à p*ère*, mis*ère*, il préf*ère*.

Bien plus à plaindre encor le jeune témér*aire*
Qui, lassé tout-à-coup du manoir de son p*ère*,
Veut, etc. DELILLE.

Cotin à ses sermons traînant toute la t*erre*,
Fend les flots d'auditeurs pour aller à sa ch*aire*.

BOILEAU, *satire* IX.

En un mot, toutes les fois que *ai* présente le son *è* et forme la pénultième syllabe d'un mot en rime féminine, il peut s'assimiler à notre *è* ouvert; *aile* s'accouplera donc à fid*èle*, *elle*; m*aître* à h*être*, etc.

Quand on voit.............
Les poules de Thétis se rassembler entre *elles*
Et jouer sur le sable en secouant leurs *ailes*.

MALFILATRE.

Mais remarquons bien qu'il faut dans les rimes précitées que *ai* présente le son *è*.

«... Si tu le vois, agis comme tu s*ais*.

SABINE.

» Ce n'est pas sur ce coup que je fais mes ess*ais*.
P. Corneille, *le Menteur*, act. IV. sc. 9.

« Tu *sais* ne rime pas avec *essais ;* c'est ce qu'on
» appelle des rimes provinciales. La rime est uni-
» quement pour l'oreille, on prononce tu *sais*,
» comme s'il y avait tu *sés*, et *essais* (*essès*) est long
» et ouvert. Si on ne voulait rimer qu'aux yeux,
» *cuiller* rimerait avec *mouiller*. Tous les mots qui
» se prononcent à-peu-près de même doivent rimer
» ensemble, il me paraît que c'est la règle générale
» concernant la rime ».

Voltaire, *Remarques sur Corneille.*

Oi. Cette diphthongue, qui se prononce *oa* (1), comme dans *loi*, *exploit*, saint *François*, *gloire*, *victoire*, ne saurait rimer avec notre *é* aigu, ni avec notre *è* grave, ni par conséquent avec *ai*. Les vers suivants sont donc mal rimés :

Apollon..................
Voulant pousser à bout tous les rimeurs franç*ais*,
Inventa du sonnet les rigoureuses l*ois*. Boileau.

La discorde en ces lieux menace de s'accr*oître*,
Demain avant l'aurore un lutrin va par*aître*. *Le même*.

Ma colère revient, et je me reconn*ais*,
Immolons, en partant, trois ingrats à la f*ois*. Racine.

Quel plaisir d'élever un enfant qu'on voit cr*oître*,
Non plus comme un esclave élevé par son m*aître*.
Le même.

Qui va là? hé! ma peur à chaque pas s'accr*oît*,
Messieurs, ami de tout le monde.
Ah! quelle audace sans seconde
De marcher à l'heure qu'il *est*. Molière.

Je sais qu'on peut dire, pour justifier ces grands poètes, que de leur temps plusieurs personnes prononçaient encore je reconn*ois*, par*oître* à pleine bou-

(1) C'est surtout à ceux qui écrivent en vers que se fait sentir la nécessité de rendre par *ai* le son *è*, et par *oi* le son *oa*, pour distinguer par*aître* de cr*oître*, Franç*ais* de Franç*ois*, etc.

che, c'est-à-dire, en faisant entendre *oa* comme nous le faisons dans Dan*ois*, je cr*ois*, je *vois*, et que s'accr*oître* s'est aussi prononcé s'accr*être*; mais il est bon aussi d'avertir nos versificateurs que la première de ces prononciations n'étant plus usitée que pour quelques mots que l'usage apprend; et que la seconde, qui n'a jamais été bien établie, étant condamnée depuis fort long-temps, l'autorité des plus grands maîtres ne pourrait faire excuser aujourd'hui de pareilles rimes; ne dites donc pas avec Léonard, dans son temple de Gnide, chant IV :

> Une flamme inconnue a passé dans mon cœur :
> Plus j'étais agité, plus je cherchais à l'*être*.
> Ami, dis-je, avançons, dussent nos maux s'accr*oître*.

Ni avec Voltaire :

> Quel parti prendre ? où suis-je et que dois-je *être*?
> Né dépourvu, dans la foule jeté,
> Germe naissant par les vents emporté,
> Sur quel terrain puis-je espérer de cr*oître*?
>
> *Le pauvre Diable*.

Car, comme dit fort bien Thomas Sebilet, dans son *Art poétique* (1) : en toutes sortes de rimes, on s'arrête plus à la partie du son qu'à la similitude de l'orthographe, parce que la fin de la rime est le plaisir de l'oreille.

On se relâche un peu de l'exactitude de la rime, 1°, lorsqu'il s'agit d'une terminaison qui présente fort peu de rimes :

> Je le tuerai, ma mère, avec plaisir, Dieu *sait*.
> Ensuite on le mettra dans ma cave : *hic jacet*.
>
> LA FONTAINE, *le Florentin*, sc. 3.

> Attendant son destin d'un quatorze ou d'un *sept*
> Voit sa vie ou sa mort sortir de son corn*et*.
>
> BOILEAU, *satire* IV.

> Le jour vint. Elle se montra
> Aussi brillante que la *veille*;

(1) *Art poétique français*. Lyon, 1576, pag. 46.

Le premier qui la rencontra
S'écria : Dieux ! comme elle est *vieille !*
HOFFMAN, *la Nouveauté*, fable.

Gresset a fait rimer *écho* avec incogn*ito*, et Castel v*ert* avec Hesp*er*. B*ourg*, calemb*ourg*, riment suffisamment à j*our*, à lab*our*. Pl*omb* pourra s'unir à *nom*, *non*, prof*ond*, fr*ont*, surtout dans la poésie légère et badine.

2°. Lorsqu'un des deux mots est un monosyllabe, et à plus forte raison s'ils l'étaient tous les deux ; *peu* rimera avec *Dieu*, f*er* avec fi*er*, j*eux*, avec y*eux*, m*onts* avec passi*ons*, se*ing* avec m*ain*.

Les lieux les plus riants sans lui nous touchent *peu* ;
C'est un temple désert qui demande son *dieu*.
DELILLE, *l'Homme des champs*, ch. IV.

Cependant mon hableur, avec une voix haute,
Porte à mes campagnards la santé de notre hôte ;
Qui tous deux pleins de joie, en jetant un grand cri (1),
Avec un rouge-bord acceptent le *défi*.
BOILEAU, *satire* III.

Il (le printemps) a paru sur un nuage d'*or*,
Précédé de l'Amour, suivi de l'Espérance ;
Et des bords africains s'avançant vers le N*ord*,
Par nos champs fortunés vient sourire à la France.
M. DE CHOISY, *le retour du Printemps, pièce insérée dans l'Almanach des Muses*, année 1788.

Vous connaissez, madame, et la lettre et le *seing*.
ATHALIDE.

Du cruel Amurat je reconnais la *main*.
RACINE, *Bazajet*, act. IV, sc. 3.

---

(1) C'est le privilége des monosyllabes de rimer assez librement, même par la seule voyelle, soit qu'on les joigne ensemble, ou avec des mots de plus d'une syllabe, comme :

Bras } vu }
Combats } du }

.....Quiconque a beaucoup *vu*
Peut avoir beaucoup reten*u*. LA FONTAINE.

Le P. MORGUES, *Traité de la poésie française*, pag. 29. Paris, 1685.

3°. Quand un des deux mots est nom propre, à plus forte raison s'ils se trouvaient l'être tous deux :

Mes yeux en sont témoins ; j'ai vu moi-même hier
Entrer chez le prélat le chapelain *Garnier*. BOILEAU.

Wurts, l'espoir du pays, et l'appui de ses murs,
Wurts... ah! quel nom, grand roi, quel Hector que ce *Wurts*.
Le même, épître IV.

Quoi, lorsqu'Agamemnon écrivait à *Mycène*,
Votre amour, votre main n'a pas conduit la sienne.
RACINE, *Iphigénie*, act. II, sc. 7.

M. Alexandre a dit et pu dire même dans un sonnet :

Des tombeaux d'Ismaël aux vallons de *Tadmor*
Le monstre au vol impur multiplia la *mort*.

Perceval Grand-Maison a fait rimer *mont* et *Philémon*, et M. Castel *vert* avec *hesper*.

Voltaire me paraît, dans les deux exemples suivants, avoir abusé du privilége dont jouissent les noms propres :

Près des bords de l'Iton et des rives de l'*Eure*
Est un champ fortuné, l'amour de la na*ture*.
VOLTAIRE, *la Henriade*, chant VIII.

Il voit les murs d'Anet bâtis aux bords de l'*Eure ;*
Lui-même en ordonna la superbe struc*ture*.
La Henriade, chant IX.

Parce que le mot *Eure* affecte tout autrement l'oreille que les mots *structure* et *nature*.

Le *s*, quoiqu'ordinairement sonore dans les noms propres, n'empêche pas de les accoupler à des mots où cette lettre est muette; en voici des exemples :

Sous le creux d'une roche il apperçoit Lych*as :*
Il le voit, il s'écrie : ah ! traître, tu mourr*as*. DESAINTANGE.

O jeunesse trop lâche ! imitez mieux l'audace
Du dragon belliqueux, auteur de votre race.
Seul il a défendu la fontaine de *Mars :*
Et vous, n'oserez-vous défendre vos remp*arts ? Le même.*

On verra le soleil, armé de tous ses tr*aits,*
Ceindre deux fois l'été des germes de Cér*ès*.
CHÊNEDOLLÉ, *le Génie de l'homme*, chant II.

Aux portiques brisés du temple de Minerve,
L'indifférent pêcheur, sur ces flots qu'il observe,
Dans le calme des nuits jette ses longs fil*ets*,
Et rien ne lui redit si jadis Péric*lès*
D'édifices pompeux a couronné ces rives.
. . . .
Et si près de ces bords Thémistocle et Xerc*ès*
Ont disputé d'orgueil, d'empire et de succ*ès*.
Le même, chant IV.

O honte du destin ! Achille, tu pér*is*,
Tu péris, et par qui ? par la main de Pâr*is*. DESAINTANGE.

. . . . . Soudain à ma place il commande,
Et la proue, en tournant, s'éloigne de Nax*os*.
Bacchus qui feint toujours d'ignorer leurs compl*ots*,
Affectant quelques pleurs, etc. *Le même*.

C'est alors qu'on les vit sur les murs de Colch*os*
Partager de Jason la gloire et les trav*aux*. *Le même*.

Le héros se prosterne ; il rend grâce à Phéb*us*,
Il salue et ces champs et ces monts incon*nus*. *Le même*.

DES RIMES QU'IL FAUT ÉVITER.

1°. Une voyelle longue ne rime pas bien avec sa brève.

Déjà, au milieu du seizième siècle, J. du Bellay, dans son Illustration de la langue française (1), condamnait ces sortes de rimes, et défendait d'accoupler *passe* à *trace*, *maître* à *mettre*, un *bât* à il *bat*.

Depuis Richelet, Demandre, Domergue (2) et tous

---

(1) Liv. II, chap. 7. Paris, 1549.

(2) Non qu'il soit né méchant ; mais l'ennui, le dégoût,
Dans ce cœur de vingt ans altère, corrompt tout.
LAÏA, tragédie de *Jean de Calas*.

Dégoût et *tout* présentent, le premier une syllabe longue ; le second, une syllabe brève ; et cependant la rime est bonne, parce qu'une syllabe longue équivaut à deux brèves : ce sont réellement deux brèves qui riment ensemble, deux désinences de même nature. Ne confondons pas les sons longs ou brefs avec les sons ouverts ou fermés : les sons brefs ou longs, tels que *i*,

les autres grammairiens ont répété cette défense, dont un maître de qui l'autorité en fait de poésie n'a pas moins de force, je veux dire l'oreille, fait une loi expresse : on voit avec peine qu'elle ait été souvent violée par nos poètes, même par ceux du premier ordre.

Un auteur à genoux, dans une humble préf*ace*,
Au lecteur qu'il ennuie a beau demander gr*âce*. BOILEAU.

Des grains doit il s'accroît se joint le point nouveau ;
La neige autour de lui rapidement s'am*asse* ;
De moment en moment il augmente sa m*asse*. DELILLE.

Son choix à votre nom n'imprime point de t*aches*,
Son amitié n'est pas le partage des l*âches*. RACINE.

Chez un peuple qui marche au milieu des mir*acles*,
Je ne veux-m'arrêter qu'au plus grand des spect*acles*.
L. RACINE, *Poëme de la Religion*, chant III.

Sous le glaive du Scythe expire sans comb*ats*,
Comme de vils troupeaux que l'on mène au trép*as*.
VOLTAIRE.

O destinée ! ô dieu des autels et du tr*ône* !
Contre Cassandre au moins favorise Antig*one*. *Le même*.

Ah ! de ces jours sanglants qu'un roi guerrier ord*onne*,
Les maux sont pour le peuple et l'éclat pour le tr*ône*.
THOMAS.

Ces rimes, ajoute M. Demandre, sont moins des

---

u, *ou*, etc., riment ensemble, quelle que soit la quantité prosodique des deux syllabes désinentes, malgré d'Olivet et les grammatistes qui se traînent à sa suite ; mais les sons ouverts ou fermés, tels que *a*, *é*, *o*, etc., ne pouvant, par aucune équipollence, être de même nature, et dépassant essentiellement la ligne les uns des autres, ne sauraient présenter une rime légitime au jugement de l'oreille qui, dans cette occasion, exerce tous les droits de souveraineté. Il suit de là que, quoique *balle* et *râle*, *parole* et *rôle*, *musette* et *fête* ne riment pas ensemble, on peut faire rimer *petite* et *gîte*, *tout* et *goût*, *recule* et *brûle*. Selon moi, les puristes ont donné trop d'étendue à leur règle ; les poètes ont bien assez des entraves de leur art, sans recevoir encore des chaînes que forge l'imagination des puristes. DOMERGUE, *Solutions grammaticales*, p. 248.

licences que des fautes qu'on est en droit de leur reprocher.

2°. Le son qui se fait entendre dans la dernière syllabe du mot a*mer* est si différent de celui dont l'oreille est frappée dans char*mer*, ai*mer*, dit l'abbé Dangeau (1) qu'on ne saurait les faire rimer l'un avec l'autre, sans offenser les oreilles délicates. C'est contre ce précepte qu'ont péché nos auteurs, quand ils ont dit :

Ce monarque si f*ier*
A son trône, à son lit daigna l'associ*er*. RACINE.

Attaquons dans leurs murs ces conquérants si f*iers*,
Qu'ils tremblent, à leur tour, pour leurs propres fo*yers*.
Le même.

Et lorsqu'avec transport je pense m'appro*cher*
De tout ce que les dieux m'ont laissé de plus *cher*.
Le même.

Votre joie importune est un reproche a*mer*
Dont Hécube, après tout, n'oserait vous blâ*mer*.
CHATEAUBRUN.

Voltaire, qui, dans ces remarques sur Corneille, avait fait sentir l'inconvenance de cette rime, est tombé lui-même dans cette faute dans son discours sur l'inégalité des conditions :

Et du sein des buissons le moucheron lég*er*
Se mêle en bourdonnant aux insectes de l'*air*.

Er, dans *fier*, *cher*, *amer*, présente le son de l'*è*

---

(1) *Opuscules sur la langue française*, pag. 13. Paris, 1754. Long-temps avant l'académicien, la même remarque avait été faite par Desaccords. Il s'exprime ainsi dans ses *Bigarrures* : « Vois-tu pas que *er* sonne en ces mots *enfer*, *Lucifer*, comme *air*, d'un plein son, au lieu qu'aux verbes, comme *taster*, *adouber*, il sonne plus mollement ; tellement que la rime de l'un avec l'autre ne vaudrait rien. Car tu ne diras pas :

Il ne faut point s'empoisonn*er*
De la doctrine de Luth*er*.

au lieu que *mer* avec *Luther* et *enfer* pourraient rimer. »
Page 481. Paris, 1662.

ouvert *(èr)*; au lieu que, dans *associer, foyer, blâmer, léger,* et dans tous les infinitifs de la première conjugaison, il donne celui de l'*é* aigu. Ces rimes vicieuses s'appellent communément rimes normandes, parce que les Normands prononcent les finales des infinitifs comme si l'on écrivait aimèr, chantèr.

3°. « La rime est défectueuse, dit M. Hamoche,
» traité de la Versification française (1), entre deux
» mots qui riment par deux *l* dont l'une est mouil-
» lée et l'autre sèche, car ce sont deux sous pres-
» que entièrement différents, exemple :

> Et sur ce bord émai*llé*
> Où Neuilly borde la Seine,
> Reviens au vin d'Auv*ilé*
> Mêler l'eau d'Hippocrêne. J.-B. Rousseau.

» C'est bien pis quand la rime est féminine, car *ville*
» et *famille* ne riment point du tout. »

RIME D'UN MOT AVEC LUI-MÊME.

Un mot peut fort bien rimer avec lui-même, pourvu qu'il soit pris dans deux acceptions différentes :

> Désireux de l'honneur d'une si belle *tombe*,
> De peur qu'en autre part ma dépouille ne *tombe*. Malherbe.

> Quand notre hôte charmé m'avisant sur ce *point*,
> Qu'avez-vous, me dit-il, que vous ne mangez *point*?
> Boileau.

> A tous ces beaux discours j'étais comme une *pierre*,
> Ou comme la statue est au Festin de *pierre*. *Le même.*

> Prends-moi le bon parti : laisse-là tous les *livres* ;
> Cent francs au denier cinq combien font-ils? Vingt *livres*.
> *Le même.*

> Tel que vous me voyez, monsieur ici *présent*
> M'a d'un fort grand soufflet fait un petit *présent*. Racine.

(1) Page 637. Ce traité est à la suite de son ouvrage intitulé : *Nouveau Dictionnaire poétique*. Paris, 1802.

Oh ! ne donnez donc *pas*.
Avec votre billet retournez sur vos *pas*. *Le même.*

Point ne pensons que le lecteur ait *cure*
D'apprendre ici les détails de la *cure*.
BAOUR DE LORMIAN, l'*Atlantide*, chant I.

Cure dans le premier vers signifie soin, *souci*, et dans le second guérison.

S'il répand dans le monde, en quittant son ménage,
Quelque fausseté de son *cru*,
De son valet, pour être *cru*,
Il invoque le témoignage.
DELILLE, la *Conversation*, chant II.

Ces deux mots riment d'autant mieux, qu'ils ont non-seulement deux acceptions, mais deux racines différentes. Le premier vient de *croître*, et le second de *croire*.

Deux mots, pris dans leur signification naturelle, ne peuvent rimer, même quand l'un serait nom, et l'autre verbe ; on n'accouplera donc pas *le combat* avec *il combat*, *tu ris* avec *les ris*, *les soutiens* avec *je soutiens*, *tu soutiens*.

Si cependant la répétition du même mot à la rime devait faire image, ou produire un grand effet, cette répétition pourrait devenir une beauté ; mais il n'appartient qu'au génie de franchir les bornes de l'art.

Quelquefois dans sa course un esprit vigoureux,
Trop resserré par l'art, sort des routes prescrites,
Et de l'art même apprend à franchir leurs limites.

C'est ainsi que MM. Tissot et Lebrun ont rendu l'effet de l'écho par la répétition des mots *Hylas* et *Euridice*.

Les rochers, à grands cris, redemandent *Hylas*,
Et le rivage entier répète : *Hylas ! Hylas !*
TISSOT, trad. de la VIme *Eglogue* de Virgile.

Dans l'Hèbre impétueux sa tête fut jetée ;
Mais, tandis qu'elle errait sur la vague agitée,
Ses lèvres qu'Euridice animait autrefois,
Et sa langue glacée, et sa mourante voix,

Sa voix disait encore : *Euridice ! Euridice !*
Et tout le fleuve au loin répétait *Euridice.* LEBRUN.

Là, mon guide s'arrête et dit : *Sois-moi propice.*
Comme lui je m'arrête, et dis : *Sois-moi propice.*
DESAINTANGE, traduct. des *Métamorphoses*, chant VI.

Sois-moi propice est ici une espèce de phrase consacrée à laquelle on ne pouvait rien changer ; la répétition était donc autorisée par la nécessité, et par la fidélité qui doit rapprocher, autant que possible, la traduction de son texte (1).

On conte ses exploits et ceux de ses amis.
On prise la valeur, même en ses ennemis.
Et quel autre entretien serait digne d'*Achille* ?
Et quel autre discours pourrait tenir *Achille* (2) ?
Le même, chant XII, chap. 5.

Cette licence, dans les deux derniers vers cités, produit-elle un assez grand effet pour que M. Desaintange se soit cru autorisé à s'élever au-dessus des règles, c'est ce que je laisse à juger aux poètes ; mais ce qui m'étonne, c'est que cet auteur ait usé de la même liberté et positivement avec les mêmes mots, quelques pages plus bas.

---

(1) *Restitit ; et pavido*, faveas *mihi*, murmure dixit
Dux meus : et simili, faveas, *ego* murmure dixi. OVID.

(2) . . . . *Quid enim loqueretur* Achilles ?
Aut quid apud magnum potiùs loquerentur Achillem.
Idem.

C'est par emphase que le poète répète le nom d'*Achille* (*Achilles*, *Achillem*) à la fin de ces deux vers. Je me suis fait un devoir de conserver cette figure, qui produit un très-grand effet. On m'objectera peut-être la règle de la versification, qui défend que le même nom forme une double rime. Mais si la répétition des mots qu'on évite comme un vice de style, peut être quelquefois une très-belle figure oratoire, pourquoi la similitude de la rime, quand elle ajoute un effet de plus à la similitude de l'expression, ne serait-elle pas une beauté poétique ? Dans ce cas, l'irrégularité n'est pas contre la règle, mais au-dessus de la règle.

DESAINTANGE, note à l'endroit cité.

Qui donc aura des droits à l'armure d'*Achille*,
Plus que celui-là même à qui l'on doit *Achille* ?
Chant XIII, chap. 2.

Les homonymes donnent de fort bonnes rimes, à moins que la lettre qui se fait sentir la première dans le dérivé n'y apporte quelqu'obstacle ; ainsi *saint* ne pourra rimer au singulier ni avec *sein* ni avec *seing*, mais il rimera bien avec *ceint* qui finit également par un *t* ; *pin* rimera avec *pain*, *cygne* avec *signe*, *cœur* avec *chœur :*

Dans une illustre église exerçant son grand *cœur*,
Fit placer à la fin un lutrin dans le *chœur*. Boileau.

Ou de trente feuillets réduits peut-être à *neuf*
Parer demi-rongés les rebords du *Pont-Neuf*.
Le même.

Alors à son épouse il adresse ces *mots*
Qui, comme un baume pur, adoucissent ses *maux*.
Delille.

Et de sa cime *nue*
Laisse les noirs sommets se perdre dans la *nue*.
Le même.

Là, doublant la vigueur de la main qui la *lance*,
La courroie en sifflant laisse échapper la *lance*.
Delille, trad. de l'*Énéide*, liv. IX.

RIME DU SIMPLE AVEC SON COMPOSÉ.

La rime du simple avec son composé est vicieuse, lorsque tous deux sont pris dans leur acception naturelle ; on ne joindra donc pas *battre* avec *combattre*, *il bat* et *le combat*, *bonheur* et *malheur*, *ordre* et *désordre ;* mais la rime du simple avec ses composés et des différents composés entre eux est reçue, si leurs significations sont différentes ou simplement éloignées ; on peut donc dire avec Boileau :

Sentez-vous le citron dont on a mis le *jus*
Avec des jaunes d'œufs mêlés dans du *verjus* ?

Et d'*abord*
Un laquais effronté m'apporte un *rouge-bord*.

En vain je veux au moins faire grâce à quelqu'*un*,
Ma plume aurait regret d'en épargner *aucun*.

Quiconque voit bien l'homme, et d'un esprit *profond*,
De tant de cœurs cachés a pénétré le *fond*.

Mais le prélat vers lui fait une marche *adroite*
Il l'observe de l'œil, et tirant sur la *droite*, etc.

Avec Voltaire :

A qui mon seul aspect doit tenir lieu d'*affront*,
Et qui lira sa honte écrite sur mon *front*.

Certain enfant qu'avec crainte on caresse,
Que l'on connaît à son malin *souris*,
Court en tous lieux précédé par les *ris*,
Mais trop souvent suivi de la tristesse.

Leur parole, leurs *traits*
De leur mère en effet sont les vivants *portraits*.

Suis-je amante ou chrétienne ? O serments que j'ai *faits* !
Mon père, mon pays, vous serez *satisfaits*.

Avec Bernard :

J'ai vu la cour, j'ai passé mon *printemps*
Muet aux pieds des idoles du *temps*.

Avec Delille :

Mais, malgré vos travaux, trop heureux si *toujours*
Vous aviez à chanter les beaux lieux, les beaux *jours*.

Avec M. Mollevaut :

Adieu, projets d'amour, ô doux projets, *adieu* !
Vous avez encouru la colère d'un *Dieu*.

Avec M. Royou :

Souvent de l'équité la borne est un peu *juste* :
Qui n'est pas généreux est tout près d'être *injuste*.

Le simple *juste* est pris dans le sens d'*étroit*, et le composé *injuste* dans le sens de *non équitable*.

L'Académie, dans ses sentiments sur le Cid, avait condamné la rime de *perdu* et d'*éperdu* dans ces vers de Corneille :

Mais il me faut te perdre après l'avoir *perdu* ;
Et pour mieux tourmenter mon esprit *éperdu*, etc.
Le *Cid*, act. III, sc. 4.

Voltaire s'est élevé contre cette décision (1).

Quand Jupiter eut vu les crimes des *humains*,
Songeant, ô Lycaon, à tes mets *inhumains*,
Il gémit, il conçoit une fureur extrême,
Digne de tant d'horreur et digne de lui-même.

DESAINTANGE, trad. des *Métamorphoses*.

« C'est une règle de la versification que les ad-
» jectifs ne riment pas avec leur composé. Cette
» règle n'est point capricieuse; elle est fondée sur
» ce que la parfaite similitude de la rime serait
» insipide. Aussi n'en est-il pas de même d'un grand
» nombre de substantifs composés, qui expriment
» une idée absolument opposée. Tous les poètes font
» rimer *amis* et *ennemis*. Si la rime d'*humains* pris
» substantivement, avec l'adjectif *inhumains*, est
» une licence, elle est au moins autorisée par un
» grand exemple.

» Comme si nous vivions dans ces temps déplorables,
» Où la terre adorait des dieux impitoyables,
» Que des prêtres menteurs, encor plus *inhumains*,
» Se vantaient d'appaiser par le sang des *humains*. »

La *Henriade*, chant VI.

Remarques de M. de Saintange sur le chant Ier de sa traduction.

La rime ne doit tomber qu'à la fin du vers, et le vers est défectueux toutes les fois que les deux hémistiches de deux vers qui se suivent riment ensemble, ou offrent seulement une convenance de son, ou bien lorsqu'un de ces deux hémistiches rime avec l'un des deux vers, ou a seulement avec lui une convenance de son; ainsi les vers suivants ne sauraient être regardés comme exacts:

(1) *Perdu* et *éperdu* signifiant deux choses absolument différentes, laissons aux poètes la liberté de faire rimer ces mots. Il n'y a pas assez de rimes dans le genre noble, pour en diminuer encore le nombre.

Édit. de Corneille, avec les *Remarques de Voltaire*, t. I, p. 369. (1765.)

Mais son emploi n'est *pas* d'aller dans une place
De mots sales et *bas* charmer la populace. BOILEAU.

J'eus un frère, *seigneur*, illustre et généreux,
Digne par sa *valeur* du sort le plus heureux. CRÉBILLON.

Trompés par ses *discours*, attendris par ses pleurs,
Nous lui donnons le *jour*. . . DELILLE.

L'histoire de ses *maux* voudrait un long discours,
Je vais en peu de *mots* vous en tracer le cours.
Le même, trad. de l'*Énéïde*, liv. I.

Et déjà vous croyez dans vos rimes *obscures*
Aux Saumaises *futurs* préparer des *tortures*. BOILEAU.

Vous faites bien; et *moi*, je fais ce que je *dois*. RACINE.

Déjà le camp du *roi* jette des cris de *joie*.
VOLTAIRE, la *Henriade*, chant X.

Tant de fiel entre-t-il dans l'âme des *dévots*?

Et toi, fameux *héros*, dont la sage entremise
De ce schisme naissant débarrassa l'église. BOILEAU.

Un fiacre me couvrant d'un déluge de boue
Contre le mur *voisin* m'écrase de sa roue;

Et voulant me sauver, des porteurs *inhumains*
De leur maudit bâton me donnent dans les reins. *Le même*.

Le vers est encore défectueux, dit Richelet, quand le premier mot rime avec le premier hémistiche :

L'*amour* n'a pas *toujours* respecté la nature. CRÉBILLON.

Ou enfin le second mot du vers avec la fin.

Les *rois* de l'univers sont au-dessus des *lois*.

Si cependant la rime des hémistiches entre eux, ou de l'hémistiche avec la fin de l'un des vers, ou si la rime du premier pied avec l'hémistiche ou la fin du vers faisait image, cette rime, loin d'être un défaut, deviendrait une beauté qui communiquerait à l'expression plus ou moins de grâce et de force. Mais, comme l'a fort bien remarqué M. Chapsal (1), le poète vulgaire ne doit point se permettre cette licence : il n'appartient qu'au génie de transformer les défauts en beautés.

(1) *Dictionnaire grammatical*, pag. 331.

XIPHARÈS.

Vous pourriez à *Colchos* vous expliquer ainsi.

PHARNACE.

Je le puis à *Colchos*, et je le puis ici. RACINE, *Mithridate.*

Raphaël peint. *Vida* fait entendre sa voix,
Cet immortel *Vida* qui joignit à la fois
Le lierre du critique au laurier du poète. DU RESNEL.

Alcippe... Connais-tu la nation dévote?
Il te faut de ce pas en tracer quelques *traits*,
Et par ce grand *portrait* finir tous mes *portraits*. BOILEAU.

Grand roi, poursuis toujours, assure leur *repos*,
Sans elles un *héros* n'est pas long-temps *héros*. *Le même.*

Et c'est-là que le *cœur* peut rencontrer un *cœur.*
SAINT-LAMBERT.

Le vain bruit de l'*airain* frappé contre l'*airain*. DESAINTANGE.

Le *mal* qu'on dit d'autrui ne produit que du *mal*. BOILEAU.

Nous avons déjà divisé les rimes en rimes masculines et féminines, en rimes riches et en rimes suffisantes; à présent que nous les envisageons comme faisant partie d'une pièce de poésies, et par conséquent comme devant se suivre dans un nombre plus ou moins grand, nous les partagerons en rimes *suivies*, en rimes *croisées*, et en rimes *mêlées*.

Les rimes *suivies* ou *plates*, comme plusieurs les nomment, sont celles où deux rimes masculines sont alternativement suivies de deux rimes féminines, ou bien deux rimes féminines de deux rimes masculines, comme on le voit dans les vers suivans:

Que j'aime le mortel, noble dans ses penchants,
Qui cultive à la fois son esprit et ses champs!
Lui seul jouit de tout. Dans sa triste ignorance,
Le vulgaire voit tout avec indifférence.
Des desseins du grand être atteignant la hauteur,
Il ne sait point monter de l'ouvrage à l'auteur;
Mais ce n'est point pour lui qu'en ses tableaux si vastes,
Le grand être forma d'harmonieux contrastes;
Il ne sait pas comment, dans ses secrets canaux,
De la racine au tronc, du tronc jusqu'aux rameaux,

Des rameaux au feuillage accourt la sève errante;
Comment naît des cristaux la masse transparente.

DELILLE, *l'Homme des champs*, ch. III.

J'ai beau vous arrêter, ma remontrance est vaine;
Allez, partez, mes vers, dernier fruit de ma veine;
C'est trop languir chez moi dans un obscur séjour.
La prison vous déplaît, vous cherchez le grand jour;
Et déjà chez Barbin, ambitieux libelles,
Vous brûlez d'étaler vos feuilles criminelles.
Vains et faibles enfants dans ma vieillesse nés,
Vous croyez, sur les pas de vos heureux aînés,
Voir bientôt vos bons mots, passant du peuple aux princes,
Charmer également la ville et les provinces;
Et, par le prompt effet d'un sel réjouissant,
Devenir quelquefois proverbes en naissant.

BOILEAU, *Épître X.*

Le poème épique ou didactique, la tragédie, la comédie, la satire, l'épître, surtout l'épître morale et sérieuse, sont en possession de cette espèce de rime; mais non pas exclusivement (1).

Quelles que soient les rimes dont un ouvrage se compose, l'auteur doit éviter les consonnances entre les rimes masculines et les rimes féminines qui se suivent. C'est cette consonnance qui blesse l'oreille dans les vers que nous allons citer, vers pleins d'ailleurs de nombre, de noblesse et de force :

Avant que tous les Grecs vous parlent par ma voix,
Souffrez que j'ose ici me flatter de leur choix,
Et qu'à vos yeux, seigneur, je montre quelque joie
De voir le fils d'Achille et le vainqueur de Troye. RACINE.

(1) Les vers masculins sans mélange auraient une marche brusque et heurtée; les vers féminins sans mélange auraient de la douceur mais de la mollesse. Au moyen du retour alternatif ou périodique de ces deux espèces de vers, la dureté de l'un et la mollesse de l'autre se corrigent mutuellement; et la variété qui en résulte, est, je crois, un avantage de notre poésie sur celle des Italiens, dont la finale est toujours *cadente*, excepté dans les vers lyriques. MARMONTEL.

Tels des antres du nord échappés sur la terre,
Précédés par les vents, et suivis du tonnerre,
D'un tourbillon de poudre obscurcissant les airs,
Les orages fougueux parcourent l'univers.

(1) Les rimes *croisées* sont celles où une rime masculine est alternativement suivie d'une féminine, ou bien une rime féminine d'une masculine, selon le choix du poète, en voici un exemple commençant par une rime féminine :

Chercher l'esprit dans un drame,
Le bon sens dans un roman,
La raison chez une femme,
L'honneur chez un charlatan,
La froideur chez une fille,
Mille écus dans un besoin,
Ah! c'est chercher une aiguille
Dans une botte de foin.

DESAUGIERS.

« Si cet ordre s'interrompt, dit M. Ph. de la » Madelaine, ce sont alors des rimes *mêlées*. A » l'égard du mélange des rimes, il n'est aucune règle » à prescrire; le versificateur est le maître de les » disposer à son gré, pourvu qu'il ne mette jamais, » l'un à côté de l'autre, deux vers masculins ou » deux féminins, de rimes différentes, qu'il ne » fasse pas rimer le premier hémistiche avec le » second, et qu'il ne ramène les mêmes rimes qu'a-

(1) Il faut éviter aussi, dans les vers *à rimes plates*, de mettre, après deux vers masculins, deux féminins qui riment avec ceux qui précèdent ces deux vers masculins, ou *vice versâ;* on trouve cette double faute dans ces huit vers de la *Henriade :*

« Soudain Potier se lève et demande *audience;*
» Chacun à son aspect garde un profond *silence.*
» Dans ce temps malheureux, par le crime *infecté*,
» Potier fut toujours juste, et pourtant *respecté.*
» Souvent on l'avait vu, par sa mâle *éloquence*,
» De leurs emportements réprimer la *licence ;*
» Et conservant sur eux sa vieille *autorité*,
» Leur montrer la justice avec *impunité.*

GUIGUENÉ.

» près un intervalle de dix vers au moins ; ce qui » est une règle essentielle de la versification fran» çaise. »

Les rimes *mêlées* sont donc disposées selon le goût ou le besoin du versificateur ; tantôt ce sont deux rimes masculines entre deux rimes féminines ; tantôt une rime féminine entre deux rimes masculines précédées et suivies elles-mêmes de deux rimes féminines, etc.

> Fortune dont la main couronne
> Les forfaits les plus in*ouis*,
> Du faux éclat qui t'environne
> Serons-nous toujours ébl*ouis*?
> Jusques à quand, trompeuse idole,
> D'un culte honteux et frivole
> Honorerons-nous tes aut*els*?
> Verrons-nous toujours tes caprices
> Consacrés par des sacrifices,
> Et par l'hommage des mort*els*. J.-B. Rousseau.

(1) Les odes, les chansons, les fables, et généralement toutes les pièces que l'on nomme fugitives, se composent ordinairement en rimes mêlées. On trouve des épîtres dont les auteurs ont suivi cette espèce de rime, et Voltaire a cru devoir l'adopter dans sa tragédie de *Tancrède* qui commence ainsi :

> Généreux chevaliers, l'honneur de la Sicile,
> Qui daignez, par égard au déclin de mes *ans*,
> Vous assembler chez moi pour punir nos tyr*ans*,
> Et fonder un état triomphant et tranquille ;
> Syracuse en nos murs a gémi trop long-t*emps*
> Des efforts avortés d'un courage inutile, etc.

Il ne faut pas croire toutefois que cette espèce de

(1) Observons ici que dans les vers rimés deux à deux, le sens peut finir au premier, et le second peut commencer une nouvelle période ; c'est même quelquefois une espèce de transition, et un moyen de déguiser le manque de liaison d'un sens à l'autre. Mais dans les vers entrelacés, la rime et la pensée doivent se clore ensemble, si l'on veut que la période poétique soit nombreuse et bien arrondie. Marmontel.

rimes ne comporte jamais de suite plus de deux rimes masculines ou féminines, elle peut en présenter trois, quatre, et même un plus grand nombre, d'après le rhythme que le poète aura adopté. Dans le style sublime, Racine et Rousseau; dans le genre léger, nos aimables chansonniers en offrent de nombreux exemples:

O mont de Sinaï, conserve la mémoire
De ce jour à jamais auguste et renom*mé*,
Quand sur ton sommet enflam*mé*,
Dans un nuage épais le Seigneur enfer*mé*
Fit luire aux yeux mortels un rayon de sa gloire.

RACINE, *Athalie,* act. I, sc. 4.

A leur réveil (ô réveil plein d'horreur!)
Pendant que le pauvre à ta t*able*
Goûtera de la paix la douceur ineff*able*,
Ils boiront dans la coupe affreuse, inépuis*able*,
Que tu présenteras, au jour de ta fureur,
A toute la race coupable.

Le même, act. II, sc. 9.

Dans ma jeunesse,
On voyait les au*teurs*,
Fertiles produc*teurs*,
Enchanter les lec*teurs*,
Charmer les specta*teurs*
Par leur délicatesse.
Aujourd'hui ce n'est plus cela:
Les vers assoupis*sent*,
Les scènes languis*sent*,
Les muses gémis*sent*,
Succombent, péris*sent*;
Pégasse va
Cahin, caha.

PANNARD, vaudeville: *le temps passé et le temps présent.*

LE SERIN ET LE MOINEAU, FABLE.

Dans les beaux jours de l'été,
Un petit moineau volage,
Tout bouffi de vanité,
Insultait à l'esclavage
D'un serin né dans la cage.
O charmante liberté!

Disait-il en son ram*age*,
Au sein des airs je voy*age*,
Je dors couvert d'un feuill*age*,
Je folâtre sous l'ombr*age* ;
Là sur des grains je fourr*age* ;
Ici je trouve un riv*age*
Où sur un sable argen*té*
L'eau coule en sa pure*té* ;
J'y bois avec volup*té*.
Après ce grand étalage,
Il va d'un autre côté.
Le serin, en oiseau sage,
Ne l'avait pas écouté.
L'hiver tout change de f*ace* ;
La beauté des cieux s'eff*ace* ;
Rien dans les champs, l'eau se gl*ace* ;
Aux oiseaux on fait la ch*asse*.
Le moineau revint enfin,
Transi, demi-mort de faim,
Prier qu'on lui donne place
Dans la cage du serin,
En tout temps pleine de grain.
Le serin à son tour le fronde,
Et lui dit avec équité :
Gentil moineau qui cours le monde,
Tu reviens bien gras de la ronde!
Vois, par ce qu'il t'en a coûté,
Qu'une liberté vagabonde
Vaut beaucoup moins, tout bien compté,
Qu'une douce captivité. FAVART.

Les odes, les chansons, et généralement toutes les pièces légères, se composent volontiers, avons-nous dit, de rimes mêlées, ajoutons et de vers libres, c'est-à-dire de vers de différentes mesures. Ce rhythme rompt le sérieux, pour ne pas dire quelquefois l'ennui que présente l'uniformité des vers réguliers et des rimes alternées ; il se prête facilement à l'élan poétique, à l'enthousiasme du génie, à la gaîté, à la légèreté, à l'aimable délire qui doit régner dans une chanson bachique, à la douce langueur qui doit respirer dans une chanson érotique.

Quelques-uns de nos écrivains, et entre autre

Piron et M. Lefranc, dans son *Voyage de Languedoc et de Provence*, se sont exercés à faire des pièces de vers sur une seule rime; mais, comme l'a fort bien observé M. Ph. de la Madelaine, le goût ne voit, dans ces sortes d'ouvrages, que la difficulté vaincue, et si la pièce n'a que ce mérite, il ne la sauve point de l'oubli (1).

Nos pères avaient encore un très-grand nombre de rimes; mais comme cette diversité ne prouvait que les efforts qu'il en coûtait pour vaincre la difficulté, sans procurer plus de charmes à la poésie, on a depuis long-temps abandonné ces rimes bizarres dont on retrouve encore quelques exemples dans Clément Marot. Il suffira d'en donner ici la nomenclature. Ceux qui seraient curieux d'en connaître la

---

(1) Voici un morceau dans ce genre, tiré du *Voyage de Languedoc et de Provence* par M. Lefranc :

« Nous fûmes donc au château d'If :
» C'est un lieu peu récréatif,
» Défendu par le fer oisif
» De plus d'un soldat maladif,
» Qui, de guerrier jadis actif,
» Est devenu garde passif.
» Sur ce roc taillé dans le vif,
» Par bon ordre on retient captif,
» Dans l'enceinte d'un mur massif,
» Esprit libertin, cœur rétif
» Au salutaire correctif
» D'un parent peu persuasif.
» Le pauvre prisonnier pensif
» A la triste lueur du suif
» Jouit pour seul soporatif
» Du murmure non lénitif
» Dont l'élément rébarbatif
» Frappe son organe attentif.
» Or pour être mémoratif
» De ce domicile afflictif,
» Je jurai d'un ton expressif
» De vous le peindre en rime en *if*.
» Ce fait, du roc désolatif
» Nous sortîmes d'un pas hâtif,
» Nous rentrâmes dans notre esquif,
» En répétant d'un ton plaintif :
» Dieu nous garde du château d'If.

nature peuvent consulter le *Gradus, Français*, ou Dictionnaire de la langue poétique (1).

RIMES ANCIENNES ET HORS D'USAGE.

Rime	*Annexée*	*Empérière*	*Goret*
	Batelée	*Enchaînée*	*Kirielle*
	Brisée	*Equivoque*	*Retrograde*
	Couronnée	*Fraternisée*	*Sénée*
	Echo ou en écho.		

STANCE.

Une stance est composée d'un certain nombre de vers qui forment un sens complet, quoique ce sens puisse dépendre de ce qui précède ou de ce qui suit, en sorte qu'après chaque stance dont une pièce se compose, on peut faire un repos.

Chaque stance est composée au moins de quatre vers, et ne passe point ordinairement le nombre de dix. On en trouve de douze, de treize et même de quatorze vers dans nos anciens auteurs. Comme ces vers peuvent être en nombre pair ou en nombre impair, nous avons des stances de quatre, six, huit et dix vers, comme nous en avons de cinq, sept et neuf.

Du temps de Marot, et avant lui, une stance pouvait commencer par une rime masculine, quoique la précédente finît par une rime de même genre, *et vice versâ ;* mais on a depuis condamné cet usage qui contrevient à la règle établie, page 61, par laquelle il est défendu de mettre l'un à côté de l'autre deux vers masculins ou féminins de rimes différentes.

Pour que les stances soient exactes, il faut encore 1°, que le sens finisse avec le dernier vers de chacune ; 2° que le dernier vers d'une stance, non seulement ne rime pas, mais même n'ait pas de convenance de son avec le premier vers de la stance

(1) Et le *Traité de Versification française* de P. Richelet.

suivante ; 3° , que les mêmes rimes ne paraissent pas dans deux stances consécutives.

Les vers de toutes mesures , c'est-à-dire, de douze, de dix , de huit, de neuf , de sept, de cinq , ou d'un plus petit nombre de syllabes peuvent entrer dans une stance ; et les vers de la même stance peuvent être ou tous de la même mesure , exemple :

J'ai vu mes tristes journées
Décliner vers leur penchant ,
Au midi de mes années ,
Je touchais à mon couchant.
La Mort , déployant ses ailes ,
Couvrait d'ombres éternelles
La clarté dont je jouis ;
Et dans cette nuit funeste
Je cherchais en vain le reste
De mes jours évanouis. J.-B. Rousseau.

ou bien de mesures différentes, comme :

La mort a des rigueurs à nulle autre pareilles ;
On a beau la prier,
La cruelle qu'elle est se bouche les oreilles
Et nous laisse crier. Malherbe.

Seigneur , dans ta gloire adorable
Quel mortel est digne d'entrer ?
Qui pourra , grand Dieu , pénétrer
Ce sanctuaire impénétrable ,
Où tes saints inclinés , d'un œil respectueux ,
Contemplent de ton front l'éclat majestueux? J. B. Rousseau.

Peuples , élevez vos concerts ;
Poussez des cris de joie et des chants de victoire ;
Voici le roi de l'univers
Qui vient faire éclater son triomphe et sa gloire.
Le même.

Les stances sont régulières ou irrégulières. Elles sont *régulières,* quand chaque stance d'un poème a un même nombre de vers, lorsque l'ordre des rimes suivi dans la première stance est observé dans toutes les autres, et que tous les vers correspondants ont la même mesure dans chaque stance :

Tant qu'a duré l'influence

D'un astre propice et doux,
Malgré moi, de ton absence
J'ai supporté les dégoûts.

Je disais : je lui pardonne
De préférer les beautés
De Palès et de Pomone
Au tumulte des cités, etc. J. B. Rousseau.

Ces stances sont régulières parce que tous les vers qui composent cette ode sont sur cette mesure, et que les rimes y sont croisées jusqu'à la fin, comme elles le sont dans ces deux premières strophes ; il en est de même des stances ou strophes qui composent l'ode 1re du livre 3 :

Tel que le vieux pasteur du troupeau de Neptune,
Protée à qui le Ciel, père de la Fortune,
Ne cache aucuns secrets,
Sous diverse figure, arbre, fleuve, fontaine,
S'efforce d'échapper à la vue incertaine
Des mortels indiscrets ;

Ou tel que d'Apollon le ministre terrible,
Impatient du dieu dont le souffle invisible
Agite tous ses sens,
Le regard furieux, la tête échevelée,
Du temple fait mugir la demeure ébranlée
Par ses cris impuissants, etc. J.-B. Rousseau.

Dans la chanson, toutes les stances, qui prennent alors le nom de *couplets*, étant faites pour être chantées sur la même air, ont nécessairement le même rhythme, et sont par conséquent régulières.

Les stances sont *irrégulières* quand elles n'ont pas toutes le même nombre de vers, ou bien quand elles ne suivent pas le même ordre dans leurs rimes, ou enfin quand tous les vers de chaque stance ne sont pas de la même mesure. Cette dernière espèce de vers s'appelle *vers libres*.

Les vers libres, comme l'a judicieusement remarqué Voltaire, en parlant de l'*Amphitryon* de Molière, composé en cette sorte de rhythme, sont d'autant plus mal aisés à faire, qu'ils semblent plus facile. Il y a, ajoute-t-il, un rhythme très-peu connu qu'il y faut observer, sans quoi cette poésie rebute.

« Une stance, dit M. Pankoucke (1), peut former » seule un petit poème. Alors elle prend, selon le » nombre de vers dont elle est composée, le nom de » *quatrain,* de *sixain,* d'*octave* ou de *dixain.*

» Un morceau composé de plusieurs stances con» serve le nom de *stances*, lorsqu'il roule sur un » sujet simple, que l'expression en est douce, natu» relle, et que les mouvements n'ont ni désordre, ni » impétuosité. » La pièce suivante servira d'exemple :

LA FLEUR.

Fleur mouvante et solitaire,
Qui fus l'honneur du vallon,
Tes débris jonchent la terre,
Dispersés par l'aquilon.

La même faux nous moissonne,
Nous cédons au même dieu :
Une feuille t'abandonne,
Un plaisir nous dit adieu.

Chaque jour le temps nous vole
Un goût, une passion;
Et chaque instant qui s'envole,
Emporte une illusion.

L'homme, perdant sa chimère,
Se demande avec douleur :
Quelle est la plus éphémère
De la vie ou de la fleur. MILLEVOYE.

« Quand le sujet, ajoute M. Pankoucke, a plus de » grandeur, le style plus d'élévation et de force, les » images plus de vivacité, et qu'un certain désordre, » qui naît de l'enthousiasme, règne dans toute la » pièce, elle prend le nom *d'ode,* et les stances, » celui de *strophes*. Il est inutile de détailler ici toutes » les formes que les stances et les strophes peuvent

(1) *Grammaire raisonnée*, pag. 235.

» avoir, la différente mesure des vers, les divers en-
» trelacements des rimes, on s'en instruira suffisam-
» ment en lisant les poésies de Malherbe, de Rous-
» seau, etc. Ils ont donné des modèles de strophes,
» que l'on a fidèlement suivis jusqu'aujourd'hui;
» mais il serait encore possible de trouver de nouvel-
» les combinaisons de mesures et de rimes, et l'on
» ne peut, à cet égard, suivre de meilleurs guides
» que la délicatesse de l'oreille, et le sentiment juste
» de l'harmonie du vers. »

Si tout l'art de la versification se bornait à régler les vers sur certaines mesures, à ordonner leurs désinences de telle ou telle manière, je croirais ma tâche suffisamment remplie; mais comme le style poétique impose encore d'autres soins aux versificateurs, je vais, dans l'article suivant, m'étendre sur ces nouvelles obligations.

DU STYLE POÉTIQUE.

DU CHOIX DES EXPRESSIONS.

Non-seulement la poésie a un style qui la sépare de la prose; mais même chaque genre de poème a quelque chose, dans la poésie de son style, qui le sépare des autres ouvrages en vers (1). De cette différence il résulte que tous les mots qui sont reçus dans la prose ne sont pas admis dans la poésie, et que tels mots admis dans un genre de poème doivent être rejetés dans un autre genre. Ainsi, quoique les mots *âne, cheval, mulet, vache, haricot, chou*, etc., soient exclus de la poésie épique, de la tragédie, de l'ode, ils peuvent trouver place dans la fable, dans le conte, et même dans la poésie didactique, quand elle traite de l'économie rurale.

Jadis d'un vain dégoût nos poètes esclaves
N'entraient dans les jardins qu'embarrasés d'entraves.
Phèbus ne nommait pas sans un tour recherché

(1) La plupart des images dont il convient que le style de la tragédie soit nourri, pour ainsi dire, sont trop graves pour le style de la comédie. Du moins le poète comique ne doit en faire qu'un usage très-sobre ; il ne doit les employer que pour faire parler Chrémès, lorsque ce personnage entre pour un moment dans une passion tragique. Nous avons déjà dit que les Églogues empruntent leurs peintures et leurs images des objets qui parent la campagne, et des événements de la vie rustique. La poésie du style de la satire doit être nourrie des images le plus propres à exciter notre bile. L'ode monte dans les cieux pour y emprunter ses images et ses comparaisons du tonnerre, des astres et des dieux mêmes.

DUBOS, *Réflexions sur la poésie et la peinture*, Ire part., sect. 33me.

Le *haricot* grimpant à la rame attaché.
La *carotte* dorée et les *bettes* vermeilles,
En flattant le palais, offensaient les oreilles.
Ce temps n'est plus. Le *chou*, dont Milan s'applaudit,
Quand sa feuille frisée en pomme s'arrondit,
Sans dégrader le vers ose aujourd'hui paraître
Dans les chants élégants de la muse champêtre.

Castel, *les Plantes*, chant III.

Nos aimables poètes descriptifs, et notamment Delille, en rendant à l'argriculture sa première noblesse, ont enrichi la langue poétique d'une infinité de mots dont un dédain orgueilleux nous faisait à tout moment sentir le besoin.

Les expressions basses, qui semblent devoir être rejetées de tout ouvrage en vers, peuvent y entrer, si elles sont bien encadrées, c'est-à-dire, si les mots qui les accompagnent diminuent ce qu'elles ont d'odieux ou relèvent ce qu'elles ont d'abject et de rebutant. C'est ainsi que Racine a su employer les termes de *chien*, de *fange*, de *pavé*, de *chatouiller:*

Mais je n'ai plus trouvé qu'un horrible mélange
D'os et de chair meurtris et traînés dans la *fange*,
Des lambeaux pleins de sang et des membres affreux
Que des *chiens* dévorants se disputaient entre eux.

Athalie.

Tu le vois tous les jours devant toi prosterné,
Humilier ce front de splendeur couronné;
Et, confondant l'orgueil par d'illustres exemples,
Baiser avec respect le *pavé* de tes temples.

Prologue d'Esther.

Ce nom de roi des rois et de chef de la Grèce
Chatouillait de mon cœur l'orgueilleuse faiblesse.

Iphigénie.

Si l'on en excepte la poésie familière, les expression suivantes: *car, c'est pourquoi, afin que, pourvu que, parce que, de manière que, de même que, afin que, à moins que, non-seulement, en effet, d'ailleurs, pour ainsi dire, outre que, or, donc, lequel, laquelle,* sont trop languissantes, trop prosaïques pour trouver place dans les vers. Cependant Boileau a heureusement employé *afin que*, dans le chant deuxième de son Art poétique :

> Elle (l'ode) peint les festins, les danses et les ris ;
> Vante un baiser cueilli sur les lèvres d'Iris,
> Qui mollement résiste, et, par un doux caprice,
> Quelquefois le refuse, *afin qu*'on lui ravisse.

Quelques termes au contraire semblent particulièrement appartenir à la poésie ; ou du moins la prose, même élevée, qui se rapproche assez souvent de la poésie, n'ose-t-elle en faire usage qu'avec la plus grande circonspection ; tels sont les suivants :

Acier . . . *pour*	fer, poignard, épée, couteau, etc.
Airain.	canon, cloche, cuve, etc.
Antique.	ancien.
Aquilon.	vent violent.
L'autel, l'encensoir	l'église ou le sacerdoce.
Borée.	vent froid, vent de bise.
Char.	carrosse.
Coursier.	cheval.
Courroux	colère.
Diadème	couronne.
Espoir	espérance.
Ether.	air.
Exploits.	actions.
Fastes.	histoire, registres, mémoires.
Fatidique	devin, prophétique.
Fer.	épée, poignard, armes, etc.
Flamme.	amour.
Flanc.	sein, ventre, côté.
Forfait	crime.
Glaive	épée.
Haleine.	souffle des vents.
Jadis.	autrefois.
Lustre	espace de cinq ans.
Onde.	l'eau, la mer.
Penser	pensée.
Pontife	prêtre, ministre d'une religion.
Prospère	favorable, heureux.
Solennité	fête religieuse, cérémonie.

Soudain, aine . prompt, inattendu.
Soudain, adv . . aussitôt, inopinément.
La tiare. . . . . la papauté, le pape.
Vesper, Hesper. . le soir.
Zéphyr. . . . . vent léger, vent frais.

Pour le *ciel* les poètes disent, l'olympe, le séjour des Dieux, la voûte azurée, la voûte éthérée, l'empyrée ;

Pour *Dieu* ils disent le créateur, l'éternel, le très haut, le tout-puissant, l'être suprême ;

Pour *enfer,* l'Achéron, le Cocyte, les sombres bords, le Tartare, le Ténare ;

Pour *hommes,* les humains, les mortels, la race de Japet.

Pour *mariage,* hymen, Hyménée ;

Pour *pays,* climat, séjour ;

Pour la *royauté, l'empire,* le trône, le sceptre, le diadème.

La poésie a conservé quelques anciennes expressions entièrement bannies de la prose. *Labeur* s'y dit pour travail ; *loyer* pour récompense, salaire ; *nef* pour vaisseau ; *naguère* pour depuis peu.

Fouillez des vieux auteurs la poudreuse richesse ;
Plus d'un mot suranné, retrouvant sa jeunesse,
Dans le moderne style avec grâce introduit,
Peut de la périphrase épargner le circuit.
Mais, de mots nouveaux-nés moins prodigue qu'avare,
Pour paraître hardi, ne soyez point bizarre.
MILLEVOYE, *l'Invention poétique.*

Racine à qui notre langue poétique a tant d'obligations, a voulu rappeler le mot *meurtri* à sa première signification *d'assassiné, tué :*

Allez, sacrés vengeurs de vos princes *meurtris,*
De leur sang par sa mort faites cesser les cris.
Athalie, act. V, sc. 6.

« Je crois, dit Louis Racine, dans ses réflexions
» sur la poésie, que, quand il rend au verbe *meurtrir*
» son ancienne et naturelle signification, il rappelle

» à dessein ce vieux mot, parce que les vieux mots » sont quelquefois nobles en vers. »

Les vieux mots en général ont beaucoup de grâce et de naïveté dans le style marotique ou dans le genre burlesque. La Fontaine en présente un assez grand nombre qu'on est charmé de rencontrer.

DE L'HARMONIE.

Les mots doivent flatter agréablement l'oreille,

Il est un heureux choix de mots harmonieux.
Fuyez des mauvais sons le concours odieux.
Le vers le mieux rempli, la plus noble pensée
Ne peut plaire à l'esprit quand l'oreille est blessée.
BOILEAU, *Art Poétique*, ch. I.

ou l'affecter conformément à l'effet qu'on a dessein de produire. Il faut mettre les paroles en rapport avec les objets, chercher dans les sons ce qu'ils ont de pittoresque, en un mot peindre en même temps à l'oreille et aux yeux (1).

Peins-moi légèrement l'amant léger de Flore ;
Qu'un doux ruisseau murmure en vers plus doux encore ;
Entend-on de la mer les ondes bouillonner ?
Le vers comme un torrent en roulant doit tonner.
Qu'Ajax soulève un roc, et le lance avec peine,
Chaque syllabe est lourde et chaque mot se traîne.
Mais vois d'un pied léger Camille effleurer l'eau,
Le vers vole et la suit aussi prompt que l'oiseau. DELILLE.

Le dernier période de l'harmonie des mots est de produire l'harmonie imitative qui peint les objets par les sons mêmes des mots qui les représentent. Quelle douceur dans ces deux premiers vers :

J'aime mieux un ruisseau qui sur la molle arène
Dans un pré plein de fleurs lentement se promène

(1) Nous n'avons point d'accent prosodique, comme dans les vers grecs et latins, mais nous avons un accent expressif qui consiste dans le rapport des sons avec les images qu'ils rappellent.
DESAINTANGE.

Vous voyez le ruisseau promener son onde paisible ; mais vous n'entendez ni son murmure, ni sa marche. Dans les deux suivants, au contraire, votre oreille est frappée par le bruit du torrent qui roule avec fracas et entraîne tout ce qui s'oppose à son passage :

> Qu'un torrent débordé qui, d'un cours orageux,
> Roule plein de gravier sur un terrain fangeux. BOILEAU.
>
> L'autre esquive le coup, et l'assiette volant
> S'en va frapper le mur et revient en roulant. *Le même.*

Dans ce dernier hémistiche, vous croyez entendre rouler cette assiette.

C'est avec le même art, que cet auteur dépeint un soldat qui monte à la brèche, et qui veut,

> Sur des monceaux de piques,
> De corps morts, de rocs, de briques,
> S'ouvrir un large chemin.
>
> *Ode sur la prise de Namur.*

Et que Saint-Lambert rend l'effet du tonnerre dont le bruit se prolonge dans l'éloignement :

> Et la foudre en grondant roule dans l'étendue.
>
> *Poème des Saisons*, chant II.

Notre langue a, comme les autres, des mots essentiellement imitatifs, et sans rapporter le grand nombre d'onomatopées plus ou moins sensibles, dont nous sommes possesseurs, je me bornerai à citer les termes suivants : le *cliquetis* des armes, le *glouglou* de la bouteille, *trictrac*, *murmure*, *tonnerre*, *rouler*, *siffler*, *ronfler*, *roucouler*, *gazouiller*, *hennir*, *mugir*, *coasser*, *croasser*.

DES LICENCES POÉTIQUES.

Si on considère les entraves qui retiennent notre versification, les chaînes qu'on lui a imposées, on trouvera les privilèges dont elle jouit extraordinairement restreints, puisque toutes nos licences poétiques se réduisent à trois espèces : le retranchement de quelques lettres, l'emploi de quelques expressions réservées à la poésie, et la transposition de quelques mots.

Il est permis aux versificateurs de retrancher la lettre *s* à la fin des noms propres suivants : *Athènes*, *Flandres*, *Londres*, *Mycènes*, *Thèbes*, *Versailles*, *Naples*, *Gênes* et d'écrire, selon le besoin, *Athène*, *Flandre*, *Londre*, *Mycène*, *Thèbe*, *Versaille*, *Naple*, *Gêne*.

Pars, venge-moi d'Aglaure, *Athène* est son pays.
DESAINTANGE.

Athènes où la paix, où les talents fleurissent. *Le même.*

Apprends ce qu'Edouard cache encore à sa cour ;
Et ce que verra *Londre* avant la fin du jour. LA HARPE.

Quand *Londres* me couronne, osez-vous me juger ?
Le même.

Gênes, toujours esclave, et toujours divisée. COLARDEAU.

Gêne entière combat dans ce moment fatal. *Le même.*

Thèbes à cet arrêt n'a point voulu se rendre.
RACINE, *les Frères ennemis*, act. I, sc. 3.

Et l'on insulte au Dieu que *Thèbe* entière adore.
DESAINTANGE.

Il leur est également permis d'écrire *grâces à* ou *grâce à*, *jusques à* ou *jusqu'à* :

Il ne vous verra plus, *grâce à* son injustice.
VOLTAIRE, *Mariamne*, act. II, sc. 5.

Mais *grâces à* mes soins, quand leur chaîne est brisée.
Le même, *Zaïre*, act. I, sc. 4.

Oui, *je rends grâce* (1), Albin, à leur inimitié.
DELAFOSSE, *Manlius Capitolinus*, sc. 1.

---

(1) Soit qu'on dise *rendre grâces*, ou *rendre des actions de grâces*, *grâces* est toujours au pluriel, pour le moins en prose ; car, comme la poésie a des droits que n'a pas la prose, on pourrait dire en vers, *rendons grâce au Seigneur*. Nos meilleurs poètes disent l'un et l'autre, suivant le besoin qu'ils en ont.

Le P. BOUHOURS, *Remarq. nouv. sur la langue franc.*, pag. 343. (1676.)

Je rends grâces aux dieux, dont le soin salutaire
A fait de notre hymen, etc. *Le même*, act. IV, sc. 7.

Sion, *jusques* au ciel élevée autrefois,
*Jusqu'*aux enfers maintenant abaissée. RACINE.

Le *remords* ou le *remord*, en retranchant le *s* :

Et le plus vil mortel, arbitre de son sort,
Peut insulter le ciel et braver le *remord*.
SAINT-VICTOR, *le poème de l'Espérance*.

On permet encore aux poètes de retrancher cette lettre dans la première personne du présent de l'indicatif, je *fais*, je *crois*, je *vois*, je *dois*, j'*aperçois*, j'*avertis*, je *vis*, je *dis*, je *viens*, je *prends*, je *rends*, etc., et dans leurs composés, et d'écrire je *fai*, je *croi*, je *voi*, j'*averti*, je *vi* (de vivre), je *di*, je *vien*, je *pren*, je *ren*, etc.

Ton système historique est ma suprême loi.
Organe du Très-Haut, tu parles, et je *croi*.
DULARD, *les Merveilles de la nature*, ch. I.

Ma charité s'étend sur tous ceux que je *voi*.
Je suis homme, tout homme est un ami pour moi.
L. RACINE, *la Religion*, chant VI.

Portez à votre père un cœur où j'*entrevoi*
Moins de respect pour lui que de haine pour moi.
RACINE, *Iphigénie*.

Je l'apporte en naissant, elle est écrite en moi
Cette loi qui m'instruit de tout ce que je *doi*.
L. RACINE, *la Religion*, ch. I.

Visir, songez à vous, je vous en *averti*,
Et, sans compter sur moi, prenez votre parti. RACINE.

Votre exemple est ma loi, vous vivez et je *vi*. CORNEILLE.

Quoiqu'on retranche le *s* de ces premières personnes du présent de l'indicatif, l'usage, ainsi que l'a observé Voltaire dans ses remarques sur l'*Héraclius* de Corneille, n'est pas d'y comprendre je *suis* du verbe être, je *puis* ou je *peux*; on ne doit pas dire je *sui*, je *pui*, je *peu*; et, ajoute ce grand littérateur, toutes les fois que la terminaison est sans *s*, on ne peut en ajouter un. Il n'est pas permis de dire, je donne*s*, je soupire*s*, je tremble*s*.

Le *s* ne doit jamais être retranché de la seconde personne ; ainsi il n'est pas permis de dire à l'impératif *fai*, *croi*, *di*, *conçoi*, *ren*, ni à l'indicatif tu *fai*, tu *croi*, tu *di*, tu *ren*. Il paraît que les poètes sont en possession de retrancher le *s* à l'impératif des verbes *viens*, *souviens*, *maintiens*, et semblables, quand la rime les force à user de cette licence ; c'est ainsi que Voltaire a dit :

> Vis, superbe ennemi, sois libre, et te *souvien*
> Quel fut et le devoir et la mort d'un chrétien.

et Racine lui-même fait dire à Hippolyte :

> Fais donner le signal, cours, ordonne ; et *revien*
> Me délivrer bientôt d'un fâcheux entretien.
>
> *Phèdre*, act. II, sc. 4.

Molière et Malherbe ont poussé la licence trop loin, lorsqu'ils on dit au passé défini, le premier, je *vi*, et le second, je *couvri*, puisque la suppression du *s* n'est permise qu'à la première personne du présent de l'indicatif.

> Hélas ! si vous saviez comme il était ravi,
> Comme il perdit son mal sitôt que je le *vi*. MOLIÈRE.

> N'ai-je pas le cœur assez haut,
> Et, pour oser tout ce qu'il faut,
> Un aussi grand désir de gloire,
> Que j'avais lorsque je *couvri*
> D'exploits, d'éternelle mémoire,
> Les plaines d'Arques et d'Ivry.

« On dit quelquefois en poésie il faut que je *die*,
» pour il faut que je *dise*; mais cette licence n'est
» permise aujourd'hui que dans les poésies légères,
» telles que les fables, les contes, etc.

> » Il n'est rien de plus ignoré,
> » Et puisqu'il faut que je le *die*,
> » Rien où l'on soit moins préparé ». LA FONTAINE.

CHAPSAL, *Dictionnaire grammatical, tom. I, p.* 336.

Cependant Racine a dit :

> Ah ? que vous auriez vu, sans que je vous le *die*,
> De combien votre amour m'est plus cher que la vie !
>
> *Iphigénie*, act III, sc. 6.

Le mot *même* est adjectif ou adverbe ; adverbe, il ajoute à la force d'expression d'un verbe ou d'un adjectif, alors il répond à notre vieux mot *mêmement,* et est invariable. Je sais que quelques-uns de nos anciens poètes se sont permis d'ajouter un *s* à cet adverbe :

Mais la naïveté
Dont *mêmes* au berceau les enfants te confessent,
Clot-elle pas la bouche à leur impiété ?

MALHERBE, *paraphrase du Psaume VIII.*

Ici dispensez-moi du récit des blasphêmes
Qu'ils ont vomis tous deux contre Jupiter *mêmes.*

CORNEILLE, *Polyeucte*, act. III, sc. 2.

Le chagrin me paraît une incommode chose ;
Je n'en prends point, pour moi, sans bonne et juste cause ;
Et *mêmes* à mes yeux cent sujets d'en avoir
S'offrent le plus souvent, que je ne veux pas voir.

MOLIÈRE, *le Dépit amoureux*, act. I, sc. 1.

Ménage accorde aux poètes la permission d'user indifférement de *même* ou de *mêmes,* adverbe ; mais, depuis Corneille et Molière, je ne vois pas que nos poètes se soient permis cette licence, et j'ose avancer, contre le sentiment de Voltaire et de M. Perrier (1), qu'elle serait condamnable aujourd'hui.

Le mot *même* adjectif, ajoute à la force d'expression du nom auquel il est joint, et peut se tourner par *lui-même*, *elle-même*, *eux-mêmes*, *elles-mêmes,* et doit s'accorder avec le nom auquel il se rapporte ; cependant, comme le remarque M. Lebrun (lettre 73 à Palissot), depuis Racan et Malherbe jusqu'à Voltaire, j'ajouterai jusqu'à ce jour, nos poètes ont employé *nous-mêmes, vous-mêmes, eux-mêmes* avec un *s* ou sans *s,* comme cela convenait à leurs vers ; les exemples en sont si fréquents, que c'est moins une licence qu'un usage :

Les sceptres devant eux n'ont point de privilége,

---

(1) Voltaire, *Remarques sur Polyeucte de Corneille*, act. III, sc. 2 ; M. Perrier, *Manuel des amateurs de la langue française*, 2ᵉ année, nº 10, pag. 306.

Les immortels *eux-même* en sont persécutés. MALHERBE.

Et Malherbe, ajoute M. Lebrun, a fait loi pour les libertés poétiques.

Racan, Segrais, La Fontaine, Corneille, etc., ont tous imité cette licence nécessaire à la précision.

Ces mortels endurcis,
Indignes du beau nom, du sacré nom d'amis,
Ou toujours remplis d'eux, ou toujours hors *d'eux-même*...
Malheureux dont le cœur ne sait pas comme on aime.
VOLTAIRE.

Tel est souvent le sort des plus justes des rois,
Tant qu'ils sont sur le trône, on respecte leurs lois :
On porte jusqu'au ciel leur justice suprême ;
Adorés de leur peuple, ils sont des dieux *eux-même*.
Le même, *OEdipe*.

Soyons vrais, de nos maux n'accusons que *nous-même*.
LA HARPE.

Quelques-uns, dans l'orgueil d'un désespoir extrême,
Pour dérober leur mort, se poignardent *eux-même*. LE GOUVÉ.

O vous, sœurs d'Apollon, sur vos lyres sacrées
Répétez des chansons par *vous-même* inspirées.
LUCE DE LANCIVAL.

Les rois *même* aux vertus s'instruisent par prudence.
DEFONTANES.

Les habitants des plaines du tonnerre,
Pour venger les débats des enfants de la terre,
Des douleurs sur *eux-même* ont fait tomber les traits.
AIGNAN.

Si les poètes sont en possession de retrancher le *s* de l'adjectif *même* au pluriel, il ne leur est pas accordé de l'ajouter au singulier, et personne ne se permettrait aujourd'hui de dire avec S. Gelais :

Que saurions-nous de nous vous donner, sire,
Puisque tous biens en vous-*mesmes* avez ?

ni avec Corneille, dans sa comédie du *Menteur*, act. V, sc. 6 :

Moi-*mêmes* à mon tour je ne sais où j'en suis.

En vers on écrit, selon le besoin, *encore* ou *encor :*

J'ai des raisins ambrés que la pourpre colore ;

J'en ai que l'or jaunit ; je te les garde *encore*.

DESAINTANGE.

Et ce qui me désole et me nuit plus *encor*,
Plus légère qu'un cerf effrayé par le cor,
Plus prompte que l'oiseau, je la vois disparaître.

Le même.

Le mot *penser* masculin s'emploie pour la *pensée* féminin :

Ainsi dans mes *pensers* je refais Rome antique,
Je relève ses murs. DELILLE.

Les poètes disent bien *alorsque* au lieu de *lorsque* :

Mais l'amour est bien faible *alorsqu'*il est timide.

VOLTAIRE.

Souvent même sauvage, inculte, menaçante,
La nature nous plaît *alorsqu'*elle épouvante. LA HARPE.

cependant que pour *pendant que* :

L'humble Religion se cache en des déserts :
Elle vit avec Dieu dans une paix profonde,
Cependant que son nom, profané dans le monde,
Est le prétexte saint des fureurs des tyrans. VOLTAIRE.

Warwick le fer en main les frappe et les renverse ;
Leur foule devant lui succombe et se disperse,
*Cependant qu'*Edouard, autour de ce palais,
Appaise le désordre et rétablit la paix. LA HARPE.

cependant pour *pendant ce temps* :

Tandis que loin de vous, pour lui, pour sa puissance,
Je m'expose aux tourments d'une cruelle absence,
Que fait-il *cependant*? comment m'a-t-il traité ?

LA HARPE.

Viens, suis-moi, la sultane en ce lieu se doit rendre ;
Je pourrai *cependant* te parler et t'entendre.

RACINE, *Bajazet*, act. I, sc. I.

« *Cependant*, dit M. Geoffroy, se prend ici pour
» *pendant ce temps-là*, c'est sa signification rigou-
» reuse et grammaticale. L'usage lui en donne une
» autre ; mais les poètes ne sont pas obligés de s'as-
» servir à l'usage commun. La Fontaine a dit avec
succès :

» *Cependant que* mon front au Caucase pareil.

Livre I, fable 22.

» *Cependant que* est employé dans ce vers au lieu
» de *pendant que* : le poète, en alongeant le mot
» d'une syllabe, le rend plus grave, plus majes-
» tueux et plus expressif. »

GÉOFFROY, *commentaire sur Racine.*

Restaut accorde aux poètes la permission de supprimer *ne* dans les interrogations négatives :

Voit-tu pas que sa haine égale mon amour ?

pour *ne* vois-tu pas.

Les grammairiens ne sont pas d'accord sur cette liberté accordée par Restaut. L'abbé d'Olivet et Richelet, d'après lui, Demandre, Bret sur Molière, Domergue dans ses *Solutions grammaticales*, M. Chapsal dans son *Nouveau Dictionnaire grammatical*, condamnent cette licence que permettent Vaugelas et le P. Morgues (1) ; l'Académie elle-même a prononcé son jugement.

« On n'a point été du sentiment de M. de Vau-
» gelas, qui veut qu'on puisse dire également bien
» *n'ont-ils pas fait*, et *ont-ils pas fait ?* Toute l'as-
» semblée a été pour la négative, et plusieurs ne se
» sont pas contentés de traiter de négligence la
» suppression de cette négation, ils lui ont donné le
» nom de faute. On a opposé le vers d'une chanson
» qui a eu beaucoup de cours : *sommes-nous pas*
» *trop heureux*, etc. L'autorité de son auteur n'a
» point fait changer de sentiment, et, si quelques-
» uns ont regardé la négative ôtée devant *sommes-*
» *nous pas,* comme une licence poétique, les autres
» ont dit qu'il n'était pas permis aujourd'hui de se
» servir de cette licence. »

Observations de l'Académie sur les remarques de M. de Vaugelas, p. 232, in-4°. Paris, 1704.

Malgré une autorité aussi respectable, cette faute s'est répétée jusqu'à nos jours, et les poètes on trouvé

(1) *Traité de la poésie française,* par le P. Morgues, pag. 93. (1685.)

plus commode de supprimer, selon le besoin, la négation *ne*, que de s'assujettir à l'exactitude grammaticale; et, sans rapporter les nombreux exemples que présentent Malherbe, Corneille, Molière et La Fontaine, je me contenterai d'en citer plusieurs qu'offrent Racine et des auteurs moins éloignés de nous, ou même contemporains :

> *Sais-je pas* que mon sang par ses mains répandu etc.
> RACINE, *Mithridate*, acte I, sc. I.

> *Vois-je pas* au travers de son saisissement,
> Un cœur, etc. *Le même*, Bajazet, act. IV, sc. 4.

> *Voudrais-tu point* encore
> Me nier un mépris que tu crois que j'ignore.
> *Dans la même Tragédie*, act. V, sc. 4.

> Esther, que craignez-vous? *suis-je pas* votre frère?
> *Le même*, Esther, act. II, sc. 7.

Sur quoi M. Geoffroy, dans son Commentaire, dit : *suis-je pas* pour *ne suis-je pas*, licence permise aux poëtes, et qui donne au style de la rapidité.

> *Suis-je pas* votre père, et de plus votre ami?
> DESTOUCHES, *le Philosophe marié*, act. IV. sc. 2.

> *Vois-je pas* de buveurs une troupe joyeuse?
> GILBERT, *le Printemps*.

> *Voyez-vous point* s'enfuir les hôtes du bocage? DELILLE.

Cette licence, qu'on ne doit plus se permettre dans la haute poésie, malgré la diversité des opinions, est cependant permise dans les chansons, dans les pièces légères et badines, et surtout dans le style marotique; je dirai même que, dans ce style, elle a quelque chose d'antique et de naïf qui ne déplaît pas.

L'*e* du pronom *le*, qui se fait toujours sentir dans la prose après le verbe à l'impératif: envoyez-*le* moi, dites-*le* à son ami, menez-*le* à ses parents, etc., s'élide en vers devant une voyelle.

> Forcez-*le* à vous défendre, ou fuyez avec lui.
> CRÉBILLON, *Rhadamiste et Zénobie*, sc. 1.

> Faisons l'homme, dit Dieu, faisons-*le* à notre image.
> L. RACINE, *Poëme de la Grâce*, chant I.

Tout souverain qu'il est, instruis-*le* à se connaître.
VOLTAIRE, la *Henriade*, chant VII.

Ah! rendez-*le* à son fils, à sa femme chérie. DELILLE.

Quoique cette élision soit autorisée par l'usage, et que les règles de notre versification ne s'y opposent pas, il est bon cependant d'éviter de mettre *le* devant une voyelle, c'est-à-dire, de ne se servir que le moins possible d'une licence qui présente quelquefois de l'ambiguité, et qui affecte toujours l'oreille d'une manière plus ou moins désagréable. Il faut surtout s'en abstenir, lorsqu'elle produit une véritable cacophonie, comme dans ce vers des Plaideurs de Racine :

Un laquais manque-t-il à rendre un verre net,
Condamnez-*le* à l'amende, ou, s'il le casse, au fouet.

Les poètes se servent bien du singulier où la prose emploierait le pluriel :

La Seine aux pieds des monts que *son flot* vient laver,
Voit du sein de ses eaux vingt îles s'élever.
BOILEAU, *Épître* VI.

Sexe indulgent, pour vous *mon vers nouveau*
Des Rosecroix exhume le berceau.
PARNY, *les Rosecroix*, chant I.

Tout-à-coup l'air se tait, le vent meurt, *le flot dort*.
DELILLE, trad. de l'*Énéide*, liv. VII.

et plus souvent encore du pluriel où la prose ferait usage du singulier :

O Dieu! dont les bontés (1) de nos larmes touchées
Ont, etc. MALHERBE, *Prière pour le roi Henri-le-Grand*.

---

(1) M. Pélisson observe dans son *Histoire de l'Académie*, que ces messieurs de l'Académie avaient remarqué sur ce vers que *la bonté de nos larmes touchée*, serait mieux que *les bontés*, etc. Comme la poésie est hyperbolique, les poètes préfèrent souvent le pluriel au singulier. Malherbe entre autres aime fort ce nombre ; ainsi il dit *les respects* pour *le respect* :

De moi que *les respects* obligent au silence.

les odeurs pour *l'odeur* :

Quelle terre n'est parfumée
Des odeurs de la renommée ?

Déployez *toutes vos rages*,
Princes, vents, peuples, frimats.
Boileau, *Ode sur la prise de Namur.*

Que *vos félicités*, s'il se peut, soient parfaites.
Corneille, *Polyeucte.*

Mes respects pour le roi sont ardents et sincères.
Racine, la *Thébaïde*, act. I, sc. 5.

A votre suite, ô nymphes bocagères,
J'irai fouler *les naissantes fougères.*
Malfilatre, *Narcisse*, chant I.

Il est, comme le remarque M. Ph. de la Madelaine (1), une licence qu'on ne pardonnerait point à la prose, mais qui est reçue en poésie : c'est de mettre après plusieurs sujets, suivant le besoin de la mesure ou de la rime, le verbe au singulier ou au pluriel.

EXEMPLES :

Moi qu'une humeur trop libre, un esprit peu soumis
De bonne heure *a pourvu* d'utiles ennemis. Boileau.

Car quel lion, quel tigre *égale* en cruauté, etc. *Le même.*

Le carme, le feuillant *s'endurcit* aux travaux. *Le même.*

D'ailleurs, l'ordre, l'esclave, et le visir me *presse.*
Racine, *Bajazet.*

Que ma foi, mon honneur, mon amour y *consente!*
Le même, Iphigénie.

Quelle était en secret ma honte et mes ennuis. *Le même.*

Sur ce vers d'*Esther*, Racine le fils s'exprime de la manière suivante en parlant de son père : « Il pou» vait dire, sans changer son vers : *quels étaient* en

---

les butins pour *le butin* :

En leur ame encore affamée
De massacres et de *butins.*

les passions pour *la passion;*
les absinthes pour *l'absinthe* :

Adoucir toutes *nos absinthes.*

Ménage, *Observ. sur les poésies de Malherbe*, pag. 292, in-8°. (1666.)

(1) *Essai sur la langue poétique*, pag. 385.

» secret, etc.; de même qu'au lieu de dire dans » *Iphigénie :*

Ce héros qu'*armera* l'amour et la raison.

» il pouvait dire, *ce héros qu'armeront*, etc. Il a » donc trouvé cette façon meilleure. »

La Grèce est triomphante, et Troie a succombé,
L'empire de Priam, et Priam *est tombé*. DESAINTANGE.

Celle de qui la gloire et l'infortune affreuse
Retentit jusqu'à moi. VOLTAIRE, *Mérope*.

Je sais que M. La Harpe a blâmé ce singulier, et veut *ont retenti;* mais les exemples du verbe au singulier en pareil cas sont si fréquents dans nos poètes; cette licence, qui d'ailleurs ne nuit en rien à la clarté et à la pureté du discours, devient tellement indispensable dans certaines occasions, que Voltaire n'a fait que jouir d'un privilége dont la poésie était en possession long-temps avant lui, privilége dont se sont souvent servis les latins, même dans la prose. Il y a alors ellipse, et l'on sous-entend le verbe au singulier pour chacun des sujets qui se trouvent sans verbe; la gloire *retentit*, l'infortune affreuse *retentit*. *V.* PLURIEL.

Nos poètes se sont permis quelquefois d'employer le comparatif pour le superlatif relatif; on doit leur savoir gré de cette hardiesse qui donne plus de concision, plus de nerf à l'expression. C'est ainsi que Corneille a dit :

Que le parti *plus faible* (1) obéisse au plus fort.
Horace, act. I, sc. 4.

---

(1) On doit, dans l'exactitude scrupuleuse de la prose, dire : que le parti LE *plus faible* obéisse au plus fort; mais si ces libertés ne sont pas permises aux poètes, et surtout au poètes de génie, il ne faut point faire de vers. Racine a dit :

Chargeant de mon débris les reliques *plus chères*,

au lieu de reliques LES *plus chères*. Encore une fois ces licences sont heureuses, quand on les emploie dans un morceau élégamment écrit; car si elles sont précédées ou suivies de

et Racine :

Déjà, sur un vaisseau, dans le port préparé,
Chargeant de mon débris les reliques *plus chères* (1),
Je méditais ma fuite aux terres étrangères.
Bajazet, act. III, sc. 2.

Si cette licence n'ajoute rien à la beauté de l'expression, elle devient une faute, elle ne peut donc trouver place que dans la haute poésie et dans un heureux encadrement, ainsi que le remarque Voltaire dans sa note ci-dessous. Elle est interdite au discours familier; aussi quand je lis dans Molière,

Mais je veux employer mes efforts *plus puissants*.

et encore :

Si vous leur dérobez leurs conquêtes *plus belles*.

au lieu de *mes efforts* LES *plus puissants*, *leurs conquêtes* LES *plus belles*; je ne vois qu'une négligence de style, ce qui veut dire une faute ou un reste de cet usage où étaient nos anciens poètes d'omettre *le*, *la*, *les* devant les superlatifs, usage tout-à-fait en désuétude.

On se sert souvent, en poésie, d'une périphrase pour exprimer le nombre; on dit, par exemple, *deux fois dix*, *trois fois dix*, *deux fois vingt*, pour *vingt*, *trente*, *quarante*; *deux fois sept*, *trois fois neuf*, *dix fois cent*, pour *quatorze*, *vingt-sept*, *mille*, etc.

Prothoüs, des sommets du sombre Pélion,
Sur *deux fois vingt* vaisseaux mena vers Ilion
De ces Magnésiens la bouillante jeunesse. AIGNAN.

Les *trois fois mille* francs qu'il met dans ma famille
Témoignent mon mérite, et font connaître assez

---

mauvais vers, elles en prennent la teinture et deviennent insupportables.

VOLTAIRE, *remarques sur Corneille*, au lieu cité.

(1) *Plus chères* pour LES *plus chères* est une ellipse favorable à la précision et à la poésie : il y a tant d'articles et de pronoms dans la langue française, que c'est toujours un gain d'en pouvoir supprimer quelques-uns.

GEOFFROY, *Commentaire sur Racine*, au lieu cité.

Qu'on ne hait point mes vers pour être un peu forcés.
BOILEAU.

Depuis *trois fois cinq* jours je languis de douleur.
MOLLEVAUT.

De *trois fois neuf* hivers j'aurai vu les nuits sombres
Séparer, en fuyant, ma tombe et mon berceau. LEBRUN.

Toutes après un cours de *dix fois cent* années
Sur les bords du Léthé par un dieu sont menées.
DE LA TRESSE.

On dira bien *trois lustres surmontés de trois ans* pour dix-huit ans, etc.

Elle tenait, par ses aïeux illustres,
Aux demi-dieux sur l'Euphrate adorés,
Et ne comptait que *deux ans et trois lustres.*
BAOUR-DE LORMIAN.

A ses attraits *six lustres et trois ans*
Laissent encore les roses du jeune âge. PARNY.

Chaque jour sa beauté croissait avec ses ans,
Et *trois fois cinq étés, suivis de deux printemps,*
Avaient développé la fleur de sa jeunesse. DESAINTANGE.

Voltaire s'est servi de tours adroits et poétiques pour exprimer *soixante-treize* et *soixante-seize* ans :

La Parque, de ses vilains doigts,
Marquait d'un sept avec un trois
La tête froide et peu pensante
De Fleuri qui donna des lois
A notre France languissante.

Malgré *soixante hivers escortés de seize ans*,
Je fais au monde encore entendre mes accents.

A l'exemple des poètes latins, au lieu du nombre que nous avons à désigner, nous nommons quelquefois celui qui précède ou celui qui suit ; c'est ainsi que Boileau, pour exprimer le nombre treize, a dit :

Plus de *douze* attroupés craindre *le nombre impair.*

et qu'au lieu de nommer sa satire douzième, il dit qu'il veut que cette satire

Se vienne en *nombre pair* joindre à ses *onze* sœurs.

DES PARTICIPES ACTIFS.

Nos anciens auteurs faisaient accorder les participes tant actifs que passifs, et, quoique notre langue ait déclaré invariables tous les participes actifs, et n'ait conservé la déclinabilité qu'aux adjectifs formés de quelques-uns de ces participes, les poètes se sont maintenus dans le droit de donner, selon le besoin, l'inflexion plurielle à ces participes, au genre masculin seulement, même quand ils ont un complément ou régime direct :

Mais tant de beaux objets tous les jours *s'augmentants*.
MALHERBE.

Et plus loin des laquais, l'un l'autre *s'agaçants*,
Font aboyer les chiens et jurer les passants. BOILEAU.

Les dieux, les justes dieux pour vous *s'intéressants*,
Prendront soin par pitié de vos jours innocents.
LONGEPIERRE, *Médée*, act. V, sc. 3.

N'étant pas de ces rats qui, *les livres rongeants*,
Se font savants jusques aux dents.
LA FONTAINE, liv. VIII, fab. 9.

J'ai vu des furieux dont la haine et la rage.
Se disputaient des cœurs encor tout palpitants;
On dirait, à les voir l'un l'autre *s'excitants*,
Que c'est le dernier jour de la nature entière.
CRÉBILLON, *le Triumvirat*, act. I, sc. 2.

Ses ennemis, offensés de sa gloire,
Vaincus cent fois, et cent fois suppliants,
En leur fureur de nouveau *s'oubliants*,
Ont osé, etc. RACINE, *Idylle sur la paix*.

Les deux coursiers sous eux se *dérobants*,
Débarrassés de leurs fardeaux brillants. VOLTAIRE.

Tel que l'on voit . . . .
Deux gros rochers, détachés des montagnes,
Avec grand bruit l'un sur l'autre *roulants* :
Ainsi tombaient ces deux fiers combattants
Frappants la terre et tous deux *se serrants*. *Le même.*

A la voix du tonnerre, au fracas des autans,

Au bruit lointain des flots *se croisants, se heurtants.*
ROUCHER, *poëme des Mois, introduction.*

Souvent du naturel les auteurs *s'écartants*,
Sont forcés d'obéir au mauvais goût du temps. DURESNEL.

Les poëtes se sont permis de décliner ce participe même dans le cours du vers, et sans être forcés par la rime. Dans le grand nombre d'exemples que présente Voltaire, nous prendrons les deux suivants:

J'ai vu les Ris, tristes et consternés,
Jeter les fleurs dont ils étaient ornés;
Les yeux en pleurs, et *soupirants leurs peines*,
Ils suivaient tous le chemin de Vincennes.
Épître à M. l'abbé Servien.

Tandis que leurs sujets, *tremblants de murmurer.*
L'Orphelin de la Chine.

Le Rhin, l'Escaut, la Meuse,
Oubliants de leurs flots *la course impétueuse.*
ROSSET, *l'Agriculture*, chant III.

L'un, né pour moissonner dans les champs de l'histoire,
Nous peindra les héros *courants à la victoire.*
LEMIÈRE, *poëme sur la Peinture.*

J'estime, quant à moi, que la gêne de la rime a pu permettre aux poëtes de s'élever au-dessus d'une règle strictement observée en prose, mais qu'ils ne doivent pas étendre plus loin le privilége.

« Hermione dit dans Racine (1):

» *Pleurante* après son char, vous voulez qu'on me voie.
Andromaque, act. IV, sc. 5.

» c'est-à-dire, vous voulez qu'on me voie étant pleu-
» rante, dans un état de pleurs.

» Hermione aurait pu dire:

» *Pleurant* après son char, vous voulez qu'on me voie.

» c'est-à-dire, vous voulez qu'on me voie faisant l'ac-
» tion de pleurer.

» Les deux manières sont bonnes, mais ici la pre-
» mière a plus de force,

Parceque l'adjectif *pleurante* indique l'état continu

(1) Domergue, *Exercices orthographiques*, pag. 51.

d'une femme abattue par une longue tristesse ; tandis que *pleurante,* participe, ne marquerait que l'action présente et momentanée d'Hermione qui pleurerait, et dont les larmes pourraient n'avoir pour cause que la honte d'être traînée derrière le char, et pour durée que l'espace du temps qu'elle serait à la suite du char.

« Lorsque l'attribut particulier en *ant* (le participe » ou l'adjectif), ajoute Domergue, admet la double » interprétation de l'action ou de l'état, c'est le goût » qui décide. »

DES PARTICIPES PASSIFS.

Une licence, dont usaient anciennement nos auteurs, rendait aux poètes la structure du vers plus facile, puisqu'ils pouvaient placer à leur choix le complément ou régime direct entre le verbe et le participe passif, dans les temps composés, et dire, au lieu de *la saison où les tièdes zéphyrs ont rajeuni l'herbe,* comme on parlerait aujourd'hui,

La saison
Où les tièdes zéphyrs *ont l'herbe rajeunie.*

Mais ces transpositions, que Voltaire regardait (1), avec raison, comme plus belles, plus poétiques, plus éloignées du langage ordinaire, sans causer d'obscurité, ne sont plus admises que dans le style marotique, ainsi que nous le dirons à l'article *inversion;* et alors le participe qui, dans la construction naturelle et grammaticale, reste invariable : *ont rajeuni l'herbe,* s'accorde avec le régime qui le précède : *ont l'herbe rajeunie.*

« Je crois, dit M. de Wailly (2), qu'il faut laisser » aux poètes la liberté de faire accorder ou de ne pas » faire accorder, avec son régime simple, le parti-

(1) *Remarques sur Corneille ; Horace*, act. III, sc. 6.
(2) *Grammaire française*, pag 222. (1808)

» cipe qui est suivi d'un nominatif ou d'un adjectif.
» Ainsi ne regardons pas comme une faute *enduré*
» dans ce vers de Corneille :

Les misères
Que durant notre enfance ont *enduré* nos pères.

» Ne condamnons point non plus *fait* dans l'*Electre*
» de Crébillon :

Moi! l'esclave d'Egyste ! ah ! fille infortunée,
Qui m'a *fait* son esclave, et de qui suis-je née ?

» S'il n'est pas permis à un poète de se servir en
» ce cas, du participe absolu, dit Voltaire, il faut
» renoncer à faire des vers. »

Jouissez des félicités
Qu'ont *mérité* pour vous mes bontés secourables.

J. B. Rousseau.

Quoi ! dis-je, c'est ici, sur cette même pierre,
Qu'ont épargné les ans, la vengeance et la guerre,
Que ce sexe si cher au reste des mortels,
Venait, etc.

Les Arènes de Nîmes: Voyage de Chapelle et de Bachaumont.

DES INVERSIONS.

Les transpositions ou inversions consistent à placer un ou plusieurs mots de la phrase autrement qu'on ne le ferait en suivant l'ordre direct; encore ces inversions, pour la plupart, appartiennent-elles également à la prose et aux vers. Les principales sont :

1°. De mettre le sujet ou nominatif après le verbe :

Mais déjà s'avançaient *ces machines mortelles*
Qui portaient dans leur sein la perte des rebelles.

Voltaire.

Hélas ! qu'est devenu *ce temps*, cet heureux temps
Où les rois s'honoraient du nom de fainéants ? Boileau.

Trop long-temps ont grondé *les foudres* de la guerre.

Delille.

Sur qui sera d'abord sa *vengeance* exercée ?

Racine, *Bajazet*.

. . . . . . Quand sera *le voile* arraché,
Qui sur tout l'univers jette une nuit si sombre ?
Le même, *Esther*.

On voit, dans ces deux exemples, le verbe auxiliaire *sera*, mis avant son sujet, et le sujet mis avant le participe.

2°. De placer le nom déterminatif, communément appelé génitif, avant le nom qu'il détermine :

C'est en vain qu'au Parnasse un téméraire auteur
Pense *de l'art des vers* atteindre la hauteur. BOILEAU.

D'un incurable amour remèdes impuissants. RACINE.

3°. De mettre le complément indirect, c'est-à-dire, le nom ou pronom précédé des prépositions *à, de, par, pour, dans*, etc., avant le verbe ou l'adjectif auxquels il se rapporte :

L'or même *à la laideur* donne un teint de beauté.
BOILEAU.

D'un tronc qui pourrissait le ciseau fit un dieu.
L. RACINE, *la Religion*.

Des veilles, des travaux un faible cœur s'étonne.
J. B. ROUSSEAU.

Pour les cœurs corrompus l'amitié n'est pas faite.
VOLTAIRE.

Dieu fit *dans ce désert* descendre la sagesse. *Le même*.

Vers eux, à pas pressés, le vieillard s'achemine. DELILLE.

Recevant la loi de leur seul génie, nos grands poètes, et Racine particulièrement, présentent de ces transpositions heureuses et hardies qu'on peut mettre sous les yeux des versificateurs, moins pour leur fournir des modèles à imiter, que pour leur offrir des beautés à admirer. C'est ainsi que Racine a dit :

Et vous-même ignorez de quels parents *issu*,
De quelles mains Joad en ses bras l'a reçu. *Athalie*.

Issu, pour le sens, se rapporte à Joas, et grammaticalement, semble construit avec Joad.

Cette jeune Eriphyle
Que lui-même *captive* amena de Lesbos. *Iphigénie*.

Au lieu de dire :

Que lui-même amena *captive* de Lesbos.
Ou lassés ou soumis,
Ma funeste amitié pèse à tous mes amis. *Mithridate.*

Lassés ou soumis, qui se rapporte à *amis*, par une transposition aussi étonnante que hardie, s'en trouve séparé par le nominatif, comme l'a remarqué M. Lebrun. « Avouons, ajoute ce poète académicien (1), » en citant les exemples que nous rapportons, que » ces tours sont heureux et jettent une grande variété » dans les phrases souvent trop monotones du lan- » gage français; avouons surtout que la poésie a une » grammaire qui lui est propre. »

Il dit encore, à la page suivante: « Beaucoup de » phrases sont grammaticales, et non françaises ; » beaucoup d'autres sont françaises, sans être stric- » tement grammaticales. Voilà ce que sait tout écri- » vain délicat qui apprend de l'art même à franchir » ses limites. »

Quoique la nécessité de la mesure et la contrainte de la rime donnent plus de droit au poète qu'au prosateur de faire usage d'inversions, elles ne sont pas pour cela admises sans restriction même dans nos vers. La transposition du sujet après le verbe, bonne dans les exemples que nous avons rapportés ci-dessus, ne sert qu'à mieux faire sentir ce qu'a de dur et de forcé celle que s'est permise le traducteur des Élégies de Tibulle :

Sous mes ordres venez vous asseoir au festin,
Et si l'un de vous fuit le combat de l'ivresse,
Puisse un jour en secret le tromper *sa maîtresse*.
MOLLEVAUT, 2e élégie du 3e livre.

Et, quoiqu'on dise bien, comme l'observe Urbain Domergue (2), *du Dieu qui nous créa la clémence infinie*, et même

De Dieu la clémence infinie,

(1) Œuvres de Lebrun, tom. IV, pag 378 In-8°. (1811.)
(2) *Grammaire raisonnée*, pag. 165.

on ne dira pas

De Dieu la clémence.

Je n'ai pu *de mon fils* (1) consentir à la mort.

VOLTAIRE, *l'Orphelin de la Chine.*

Racine a dit dans les *Frères ennemis*, act. I, sc. 2

Et si quelque bonheur *nos armes* accompagne.

---

(1) *Je n'ai pu de mon fils*, etc., inversion dure et forcée étrangère au génie de notre langue. Observez, comme princi général, que l'inversion, dont le but est de varier notre ve sification sans dénaturer les procédés du langage, est nat relle au nôtre dans le régime direct, et qu'elle y répugne da le régime indirect, quand il y a concours des deux particul *de* et *à*; ainsi l'on dira très-bien :

Je n'ai pu *de mon fils* envisager la mort;

mais on aura tort de dire :

Je n'ai pu *de mon fils* consentir *à* la mort.

Pourquoi? c'est que l'inversion est en quelque sorte doubl non-seulement vous mettez la particule relative *de* avant *mort*, qui doit la régir, mais vous la mettez avant une aut particule qui doit naturellement la précéder, avant *à*; l'oreil alors est trop déroutée. En voulez-vous la preuve? c'est q vous diriez sans aucun embarras :

A la mort de mon fils je n'ai pu consentir.

Vous n'avez fait ici que mettre le régime avant le verbe, que notre poésie permet; mais dans aucun cas vous ne dirie *de mon fils à la mort*, etc., parce que le déplacement d deux particules forme inévitablement une équivoque, ce q devient sensible, par exemple, dans ce vers de Voltaire :

A peine *de la cour* j'entrai dans la carrière.

Il veut dire, à peine j'entrai *dans la carrière de la cour*; m qu'arrive-t-il? c'est qu'il n'eût pas construit sa phrase autreme s'il eût voulu dire que, *sortant de la cour, il était entré* dans carrière, etc.; et par le dérangement des deux particules, s vers présente en effet ce dernier sens, suivant les principes notre construction. Aussi je ne me rappelle pas qu'il y ait da Racine un seul exemple de cette espèce d'inversion; elle e très-rare dans Boileau, et Voltaire lui-même, qui se perm tout, ne se l'est pas permise souvent.

LA HARPE, *Cours de Littérature*, tom. X, pag. 53

Act. III, sc. 4 :

> Quelques soldats. . . . .
> Ont insensiblement tout le corps ébranlé.

Rotrou s'est permis une pareille inversion dans son *Venceslas*, act. I, sc. 1.

> Songez combien ce bras a mon trône affermi.

Cette transposition du complément direct avant son verbe, *nos armes* accompagne, et ces autres transpositions de ce complément entre le verbe et le participe, ont *tout le corps* ébranlé, a *mon trône* affermi, sont peu naturelles et ont été justement condamnées par Geoffroy dans son *Commentaire sur Racine.*

Ces inversions sont admises dans le style marotique, où l'on se permet même de placer, dans les temps composés, le verbe auxiliaire après le participe :

> Sur le printemps que la belle Flora
> Les champs *couverts* de diverses fleurs *a.*

L'inversion, dit M. La Harpe, n'est point admise dans ce qu'on appelle des phrases faites, telles que celle-ci : *il parle beaucoup et ne dit rien.* C'est une raison pour condamner ces deux vers de Florian :

> Et chacun, comme à l'ordinaire,
> Parle beaucoup et *rien ne dit.*

Toute inversion, et généralement toute licence dont il ne résulte pas de beauté, marque la faiblesse de l'auteur ; il ne faut donc s'en permettre que le moins possible, et encore ne se permettre que celles qui sont autorisées par l'usage et par les bons écrivains.

« Il n'appartient (1) qu'au vrai génie de créer des » beautés nouvelles, de reculer les bornes du terri- » toire poétique : la médiocrité présomptueuse al- » tère et défigure ce qu'elle croit embellir, et re- » garde comme neuf ce qui n'est que bizarre et

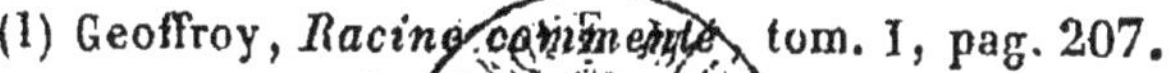

(1) Geoffroy, *Racine commenté*, tom. I, pag. 207.

» gothique. Le vrai génie est si rare, qu'il est tou-
» jours utile de s'opposer aux innovations. Ce qu'il
» y a de plus sûr pour nos poètes, c'est de se ren-
» fermer dans le cercle tracé par Racine et Boileau.
» Ces deux législateurs ont irrévocablement fixé
» notre langue poétique : de plus grandes licences
» ne serviraient qu'à augmenter la négligence des
» poètes, sans aucun profit et même avec une perte
» réelle pour la poésie. »

Il ne suffit pas de ranger des syllabes au cordeau, de suivre dans les rimes les règles établies, de ne se permettre que les termes et les constructions sanctionnés par l'usage, pour faire de bons vers (1) et mériter le nom de poète ; il faut encore flatter agréablement l'oreille par l'harmonie des mots, éveiller l'imagination par la richesse et la force des métaphores, satisfaire le jugement par la justesse des expressions, éloigner l'ennui par la variété des images, en un mot, imprimer à son ouvrage la vie, l'ame et le mouvement, quelquefois même cet enthousiasme brûlant qui décèle la présence du dieu des vers, et a fait comparer les favoris d'Apollon à ces anciennes prêtresses qui ne dévoilaient l'avenir que quand elles étaient remplies du dieu qui les agitait. Mais où trouver ce feu divin ? Dans cette influence secrète dont parle Boileau, dans cette influence que l'on sent mieux qu'on ne la saurait définir ; dans cette influence dont la force et la présence nous frappe, nous émeut, nous transporte dans les vers du sublime Corneille, du tendre Racine, du correct Boileau, du naïf La Fontaine. Les règles peuvent former un versificateur ; mais il n'appartient qu'à ces grands mo-

---

(1) Un vers, pour être bon, doit être semblable à l'or, en avoir le poids, le titre et le son. Le poids, c'est la pensée, le titre, c'est la pureté élégante du style, le son, c'est l'harmonie. Si l'une de ces trois qualités manque, le vers ne vaut rien.

VOLTAIRE, *Dictionnaire philosophique*, aux mots *vers* et *poésie*.

dèles d'échauffer le germe du génie. C'est à la sensation plus ou moins vive que vous éprouverez à la lecture de leurs divins écrits que vous reconnaîtrez

Si votre astre, en naissant, vous a formés poëtes.

TABLE

DES MATIÈRES.

FIN.

www.ingramcontent.com/pod-product-compliance
Ingram Content Group UK Ltd.
Pitfield, Milton Keynes, MK11 3LW, UK
UKHW021550260726
13993UKWH00002B/749

9 782329 155777